Alltagsträume

Kurzgeschichten zwischen Traum und Wirklichkeit

von Dietmar Voigt

FSC
www.fsc.org
MIX
Papier aus ver-
antwortungsvollen
Quellen
Paper from
responsible sources
FSC® C105338

Impressum

Bibliografische Information der Deutschen Nationalbibliothek: Die Deutsche Nationalbibliothek
verzeichnet diese Publikation in der Deutschen
Nationalbibliografie; detaillierte bibliografische
Daten sind im Internet über dnb.dnb.de abrufbar.

**Herstellung und Verlag: BoD – Books on Demand,
Norderstedt**

ISBN: 9783739249612

Vorwort

Ich wurde wahrscheinlich am 21.04.1958 in Hannover geboren. Sehr früh empfand ich ein Gespür für die Natur und die Umwelt. Daher wurde mein Beruf der Forstwirt. Erst Jahre später durch das Projekt „Lebensgeschichten Inklusiv(e)" bei Stellwerk e.V. wurde mein Innerstes angeregt Kurzgeschichten zu schreiben. Sie sind gedacht zum Nachdenken, schmunzeln und dergleichen. Manchmal sind es auch kritische Geschichten.

Viel Spaß dabei und alles Gute für die Leser*innen.

Das Baumhaus

Ich erinnere mich noch ganz genau an meine Jugendzeit, wo wir als Kinder fast nur draußen gespielt haben. Es war mit die schönste Zeit meines Lebens. Wo die Natur noch urwüchsig und wild war. Alte Menschen saßen noch vor der Tür und unterhielten sich. Das Fernsehen befand sich noch in den Kinderschuhen.

Nahe unserem Wohnort befand sich ein kleines Wäldchen, dass immer wieder gern zum Spielen einlud. Nicht weit davon stand eine alte Holzhütte, in der einmal ein alter Mann wohnte, der vor einem Jahr verstorben war. Dort befanden sich noch viele gute Sachen. Alte Töpfe, Geschirr und noch gut erhaltene Bretter. Da meinte Robert spontan:

„Das wäre doch genug Material für ein Baumhaus!"

„Ja tolle Idee!", stimmten wir alle begeistert zu. Es war mitten im Frühling. Innerhalb von ein paar Tagen schleppten wir das Material zu einem besonderen Baum. Es war eine Eiche. Sie eignete sich sehr gut, da sie in der Mitte der Krone nestartige Äste hatte. Der Älteste von uns, Harry, konnte schon mit Hammer und Nägeln umgehen. Wir bauten erst eine Leiter, um in die Krone zu gelangen, um von dort eine Art Seilzug zu befestigen. Inzwischen war schon Sommeranfang.

„Das ist ganz schön anstrengend!", meinte Lisa und brachte am nächsten Tag kurzerhand eine Menge Eistee mit.

Das war eine willkommene Erfrischung. Langsam nahm das Baumhaus Form an. Sogar Fenster waren darin, ein alter Tisch und Stühle. Die beiden Mädchen sorgten für ein noch schöneres Ambiente, mit Gardinen und Decken. Ach, war das schön als es endlich fertig war und eingeweiht wurde! Es gab gekochte Eier und Brotstullen von zuhause. Ein paar verbotene Sachen waren auch dabei. Harry entwendete von seinem Opa Tabak und Blättchen. Das erste Mal in meinem Leben rauchte ich eine Zigarette. Das Rauchen bekam meinem Darm gar nicht gut. Am nächsten Tag war die Toilette mein Zuhause.

Es war so schön, wenn die Sonne schien in diese grüne Baumkrone.

„Guck mal Robert, wie die Eichhörnchen über die Äste springen, so fröhlich und besser als jeder Artist im Zirkus.", rief ich ihm zu.

Um es dem Eichhörnchen nachzumachen, banden wir uns mit Seilen an den Ästen fest und schwangen uns wie Tarzan von Baum zu Baum. Nur schrien wir nicht dabei. Unser Maskottchen war ein Stoffbär. Manchmal gab es auch einige Schürfwunden oder blaue Flecken, was unseren Eltern gar nicht gefiel. Aber trotzdem war es eine glückliche Zeit. Nur ein Problem gab es. Der Sommer ist einfach viel zu kurz.

Einmal gab es ein schweres Gewitter mit Hagel und Sturm.

„Guckt mal Leute, dahinten wird es schon ganz schön schwarz!"

„Oh lasst uns von hier verschwinden, bevor ein Blitz einschlägt!".

Da fing es auch schon an zu stürmen, mit Hagel und Starkregen.

„Schnell dahinten unter die Büsche."

Wir hatten ganz schön die Hosen voll. Aber es ist noch mal gut gegangen, es sind nur ein paar Bretter von dem Dach heruntergefallen.

Es gab aber auch Kinder im Ort, die uns nicht so wohlgesonnen waren! Manchmal gab es eine Art Bandenkrieg. So auch das eine Mal! Da zog doch ein Teil von Ihnen dicht an unserem Baumhaus heran und rief tollkühn mit einer Stimme:

„Das Haus ist bald unser, kommt und kämpft ihr Schlappschwänze!".

Wir kamen uns vor als hätten wir eine Ritterburg zu verteidigen. Los! Alle an die Waffen, Knüppel, Blumentöpfe und dergleichen. Es ging wild zu und einher mit manchen Fußtritten, Beulen überall, manchmal auch Schürfwunden.

„Au"
„Nein"
„Doch"
„Hilfe, Hilfe"
„Schnell weg hier".

Der Sieg war unser, aber auch wir hatten viele Blessuren. Mir fehlte ein Zahn, und Harry hinkte. Auweia, das gibt zuhause ein Donnerwetter.

Einmal als Karneval war, verzauberten wir unsere Hütte mit bunten Luftschlangen und verkleideten uns. Lisa war ein Hühnchen und ich der Hahn. Paul hatte ein Affenkostüm an und hüpfte von Baum zu Baum. Es gab auch eine leckere Bohle mit Alkohol, das hätten wir lieber lassen sollen. Der nächste Tag war nicht unserer.

Dann irgendwann kam eine Zeit, da wir älter wurden und jeder plötzlich andere Interessen hatte. Die Schulzeit war vorbei und das Arbeitsleben begann. In späteren Jahren fuhr ich zu dem Wäldchen und erschrak! Unser Baumhaus war abgebrannt. Ich fand nur noch die Reste einer Tasse und ein paar Nägel. Aber die Erinnerung an diese schöne Zeit bleiben in meinem Herzen

Der Grill im Park

Es gab ihn schon viele Jahre, den kleinen Grillwagen von August Lampe. Viele schätzten Ihn wegen seiner leckeren Bratwürste und Bouletten. Einige meinten, es seien die besten in der ganzen Stadt. August liebte seinen Beruf. Das herrliche grün im Frühling, das seinen Grill manchmal umwogte, wie ein Mantel der Glückseligkeit, das Zwitschern der Vögel, die sein Gemüt erhellten, die verschiedenen Menschen, jeder anders in seiner Art. Meist sehr freundlich, manchmal auch etwas ruppig.

Ein altes Ehepaar, das jeden Mittwoch vorbeikam sagte zu ihm:

„Na August, altes Haus, wir nehmen wie immer."

„Bratwurst und Krautsalat!"

„Na klar, und für dich einen Kurzen.", kicherte die Ehefrau.

„Aber nur einen.", schob sie nach und streichelte ihrem Ehemann fürsorglich über das Haar, das sich silbern im Wind bewegte.

Jeden Tag gab es etwas Besonderes und das zu jeder Jahreszeit. Einmal kamen ein paar Jugendliche, die waren gar nicht dumm. Der eine lenkte August an die Seitentür. Ein anderer schnappte sich ein paar Bratwürste und weg waren sie. „Ach was solls! Diese Jugend. Ich komme eh nicht hinterher."

Wenn es mal viel regnete und kaum Leute kamen, las er gerne „Der Herr der Ringe" und fühlte sich wie in einem Elfenwald, umgeben von skurrilen Bäumen und Gestalten, die durchnässt mit ihren Hunden durch den Park liefen. Dann waren sie Hobbits und alle auf dem Weg zu einem Abenteuer. Dann auch mal wieder was Lustiges. Augusts guter Freund Paul, der gerne mal einen über den Durst trinkt, kam öfters zu Besuch. Nach etlichen Bieren und manchem Korn wurde seine Stimme immer recht undeutlich.

„August 'hicks', ich sehe deinen Wagen sowas von doppelt, will dich dann immer umarmen, und dann biste weg.", stammelte er, während er sich schwankten an die Theke des Wagens klammerte.

„Ich glaube es reicht Paul."

Er zog ihn am Arm zu einem Schattenbaum. Kaum lag er, da schnarchte er schon wie ein Bär. Am Morgen darauf lag er immer noch da. August schüttete ihm ein Glas Wasser ins Gesicht.

„Was? Wo? Wieso?! Ach, oh, du bist es. Man habe ich Kopfschmerzen."

„Ja, kein Wunder von den vielen Kurzen."

August half ihm auf und sie gingen zu seinem Wagen.

„Hier ein Kaffee zum muntermachen."

„Danke!"

Und dann zog er langsam und noch reichlich schwankend von dannen.

Um die Kunden bei Laune zu halten, muss man sich ab und zu mal was Kulinarisches einfallen lassen. Zum Beispiel leckere Fleischspieße mit Zwiebeln und Fenchelscheiben gespickt. Schon nach kurzer Zeit waren sie ausverkauft. Ja, so machte es Spaß, wenn die Leute es genießen können. Aber auch so mancher Hund, der mit seinem Herrchen oder Frauchen vorbeischaute, bekam sein Leckerchen. So gingen viele der Sommer und die Jahre dahin.

Auch der Herbst ist wunderschön, wenn die Blätter der Bäume sich froh wie leuchtende Fackeln in Rot und Gelb färben. Wenn die Sonne alles hell erleuchtet, ist das wie ein Atmen der Schöpfung. Manchmal gab es auch kleine Streitereien. Ein Ehepaar. Sagte er zu ihr:

„Probier mal die Wurst!"

Sie entgegnete klar: „Nein! Ich nehme lieber die

Boulette!"

Er blieb hartnäckig. „Doch, hier, beiß mal!"

Sie blieb hartnäckiger: „Nein! Die Boulette!"

Stur wie eine Bergziege aß sie ihre Boulette und er schmiss ihr die Wurst wütend vor die Füße. August befürchtete schon, jetzt eskaliert es, da kam ein Hund vorbei und weg war sie.

„Dann schmeckt eben ihm die Bratwurst!"

„Hunde haben dich schon immer besser verstanden."

Sie lächelten sich an und gingen Arm in Arm weg. Man könnte noch so viel berichten, es würde hunderte von Seiten füllen.

Einmal passierte etwas Gefährliches. Ein Mann mittleren Alters in einem langen Mantel, er sah aus wie Columbo, stand vor meinem Wagen und auf einmal zückte er eine Pistole und sagte eindringlich:

„Geld her oder es geht dir schlecht!"

Was tun, wenn die Pistole nun echt ist? Da fiel August etwas ein.

„Komm mal zu mir, ich habe etwas für dich."

Blitzschnell nahm er eine heiße Bratwurst und steckte sie ihm in seinen Mund. Laut schreiend lief er davon. Ja, man soll den Mund nicht zu voll nehmen. Noch mal gut gegangen. Nun aber genug der vielen Geschichten. Denn irgendwann gab es auch meinen Grillwagen nicht mehr wegen. Wegen meines Alters und dem Rheuma. Nun steht dort eine Bank. Ich sitze täglich dort und erinnere mich an die Vergangenheit. Dann fallen mir die Erlebnisse und die Freuden wieder ein. Jedes Mal kann ich den alten Duft der gegrillten Köstlichkeiten förmlich riechen. So kann ich immer glücklich nach Hause gehen.

Der sprechende Garten

Oh, der Frühling. Für mich die schönste Jahreszeit. Dieses saftige Grün, die bunt blühenden Tulpen und Sträucher. Jedes Gewächs hat seinen eigenen Duft, der viele Insekten anlockt. Alle Farben der Natur sind im Frühling vorhanden. Das hat auch Maler und Künstler wie Van Gogh oder Renoir inspiriert. Die ganze Pracht dieser Schöpfung lässt sich eigentlich gar nicht darstellen. Aber sie spricht zu uns, wie aus unzählbaren Welten. Ich könnte es mir so vorstellen…

Eines Tages am frühen Morgen sagt Frau Tulpe zu ihren Kindern:

„Aufstehen ihr Faulpelze! Die Sonne scheint."

Zaghaft öffneten sich ihre Blüten. Frau Tulpe war am größten mit einem tollen Farbton von Gelb und Rosa. Nun warteten wir gespannt auf das Eintreffen der Bienen. Die waren noch ganz benommen von der Kälte der Nacht.

„Na los, aufstehen!", ruft die Königin ihrem Volk zu.

„Es gibt viel zu tun, bestäuben und sammeln."

„Immer dieser Stress morgens."

Einige Bienen ächzten laut. Aber das Brummen wurde immer lauter und der Aufstieg begann. Unterwegs begrüßten sie auch einige Hummeln mit sonoren Brummtönen. Aber es ging nicht immer nett zu.

„Hast du die eine gesehen?"

„Ey, Alter, ist die dick Mann."

Der Igel war auch noch zum Mittag am Schnarchen. In der Hitze knisterte es oft in den Nadelbäumen, wenn die Saat aus den Zapfen fiel. Das Quaken der Frösche ist eine Sprache für sich, auch wenn es manchmal sehr lästig für den Nachbarn ist. Wer Gemüse anbaut und fein hinhört, da gibt es auch knisternde Geräusche. Das Festmahl der Raupen. Sagt die eine zur anderen:

„Oh, der Salat hier schmeckt besonders gut."

„Ja stimmt!"

Und beide rülpsten laut. Die Sonnenblumen freuen sich besonders laut, wenn die Sonne scheint. Sie drehen dann ihre Köpfe direkt zur Sonne und flüstern sich zu. Sagt die eine zur andern:

„Pass auf, dass du keinen Sonnenbrand bekommst."

„Ach was, wir werden doch sowieso zu Sonnenblumenöl verarbeitet."

Sie lachen heiter. Wenn es mal sehr windig ist, singen die Bäume ihr Lied und ihre Blätter bewegen sich tanzend. Jeder Baum hat einen anderen Klang, es geht auf und ab wie auf einer Tonleiter. Nur bei Sturm ist es anders, dann schreien einige vor Schmerzen, wenn ein Ast abbricht. Es ist so, als wenn wir verletzt würden und bluten. Auch lustige Gesellen wie Eichhörnchen unterhalten sich prächtig mit Klicklauten.

„Gestern hab ich hier doch meine Nüsse versteckt!"

Meint der andere: „Was man nicht im Kopf hat, hat man in den Beinen."

Am nächsten Tag geschah ihm das gleiche.

„Na, du Schlauberger!", das Eichhörnchen klickte laut.

Bei großer Hitze jammern viele Pflanzen.

„Durst! Durst!", und sie lassen die Köpfe hängen.

Da ist ein Rasensprenger doch was Wunderbares.

„Herrlich! Endlich Wasser!", und sie richteten sich wieder auf.

Wunderbar auch das Zirpen der Grillen und wie sie durch den Garten hüpfen und sich über den warmen Spätsommer freuen. Auch die Gräser im Garten erzählen ihr Lied im Wind und wiegen sich wellenartig dahin. Einige Wissenschaftler haben festgestellt, das Pflanzen unter Stress im Ultraschallbereich schreien. Gut, dass wir das nicht hören können. Die ganze Welt um uns herum würde vermutlich schreien. Sehr ansehnlich sind auch die kleinen Igeljungen, die ihrer Mutter hinterher watscheln und sich um Regenwürmer zanken.

„Nein! Das ist meiner!"

„Nein, der gehört mir!"

Und im nu war er auseinandergerissen und jeder hatte ein Stück. Zum Herbst hin wird der Garten immer leiser und im Winter still und friedlich, nur um im Frühling wieder neu zu erwachen.

Am Strand

Ich erwachte schon früh am Morgen, um zu beobachten, wie das Wetter wird, denn ich wollte zum Strand fahren, mein Paradies, an dem ich anhalten und die Seele auftanken konnte. Aber erstmal einen Kaffee trinken, um den Leib zu erwärmen, die Kraft der Kaffeebohnen zu schmecken und den Duft zu genießen. Mein Blick richtet sich dabei zum Fenster hinaus, durch das es sich langsam erhellte. Ganz langsam ging die Sonne am Horizont auf, um mich sanft zu begrüßen, mit einem Gruß wie aus einer anderen Welt. Dann wurde es goldgelb am Firmament und rote Schleierwolken umrahmten die Sonne wie eine Umarmung. Welch ein erhabener Anblick der Schöpfung. Ich vergaß fast meine Umgebung. Mein Wecker klingelte mich aus meinen Träumen. Nun schnell noch ein paar Stullen schmieren und der Katze tschüss sagen. Der Tag gehört mir und dem Strand. Die Luft draußen roch schon würzig und intensiv nach Meer! Es waren einige Kilometer zum Strand, die wollte ich doch lieber mit dem Wagen fahren. Also Rucksack gepackt mit Trinken und Essen und dann raus. Aber halt! Fast hätte ich meine Isomatte vergessen. Jetzt aber mal los, bevor die Welt untergeht. Kleiner Scherz, ha ha. Als ich zum Auto ging, machte sich ein leichter Wind auf und die Blätter an meiner Buche fingen an zu rauschen als würden sie mir zu jubeln, für meinen schönen Tag. Dann fuhr ich los, die Vergangenheit liegt immer hinter mir. Für eine neue Zukunft, den Schmerz vergangener Tage hinter sich lassen. Ich gehe nun einen neuen Weg. Nach einiger Zeit sah ich das Schild „Zum Strand" und ich fuhr dem Wegweiser nach. Meinen Wagen parkte ich auf dem zugewiesenen Parkplatz. Er war fast leer um diese Uhrzeit. Dann packte ich meine sieben Sachen und ging los, um mein Paradies zu erkunden. Die Luft roch erfrischend salzig und eine wundervolle Brise umwehte mich. Ich sah auf den unendlichen Horizont mit sich leicht kräuselnden Wellen hinaus. Eine sanfte Brandung war zu hören. Eine Weile ging ich den Strand entlang. Möwen kreischten mir zu um mir „Hallo! Du bist willkommen!" zuzurufen. Auf dem angefeuchteten Strand hinterließ ich Spuren, die die sanfte Brandung wieder verwischte. Dann suchte ich mir einen angenehmen Platz an einer Anhöhe. Hier habe ich einen schönen Blick aufs Meer. Ein Kaffee und meine Stulle machten den Moment perfekt. Meeresluft macht aber auch hungrig. Ganz in der Ferne sah ich ein Schiff vorüberziehen. Im leichten Morgendunst verschwand die Silhouette, um dann wieder unsichtbar zu werden...

Was für ein Tag, um sich zu erholen. Die Seele baumeln zu lassen. Menschen waren kaum zu sehen, weil es noch sehr früh war. Doch halt! Etwas sah ich doch. Eine Gestalt näherte sich mir, die vorher nicht zu sehen war. Sie trat zu mir und kam mir bekannt vor.

„Wer bist du?", fragte ich verwundert.

„Ich bin du. Du suchst mich wohl schon länger. Wir gehören eigentlich zusammen. Lange habe ich hier gewartet. Ich weiche nun nicht mehr von dir. Lass uns gemeinsam diese Zeit genießen, um mehr über uns zu erfahren."

Mir liefen Tränen über die Wangen. Am Abend fuhr ich mit einem gelösten Knoten nach zuhause.

Insel meiner Träume

Was wünscht man sich mehr als einen Ort, an dem man alles loslassen kann, was einen bedrückt und einengt. Vieles wird dann nichtig und klein. Für mich ist es die Insel der Träume. Hier kann ich hinreisen, wann immer es geht, ohne Reisebeschränkungen und ohne Corona. Es geht ganz einfach, nur Mut. Man legt sich auf eine bequeme Matte und schließt die Augen. Keine Geräusche dürfen einen ablenken, auch nicht die Fragen des Alltags. „Was machst du da? Wo bist du denn schon wieder?!" Dann langsam taucht mein Bewusstsein ins Reich der Träume ein. Da ist sie, die Insel! Herrlich grün mit waldbedeckten Hügeln. Smaragdgrünes und blaues Wasser umsäumt die Strände. Federartige Wolken schweben dahin, in den endlosen Horizont hinein. Dort, am oberen Teil der Insel, ist ein schmuckes Dorf und am Ende ein sehr schöner Leuchtturm, den ich bald besuchen werde. Denn dort wohnt mein guter Freund Karl. Meine Füße berühren den herrlich krümeligen Sand, der sich leicht warm anfühlt. Die Luft roch würzig, nach Salz und

Seetang. In der Ferne tauchten einige Schiffe auf. Wie kleine Spielzeuge, die ich früher in meiner Badewanne fahren ließ, sahen sie aus. Meine Wanderung ging weiter, durch einen wunderschönen Kiefernwald. Es roch intensiv nach Harz und Meer! Licht durchflutete den Wald, Vögel huschten hin und her und freuten sich ihres Lebens. Was für eine Wohltat hier zu sein. Nun ging es weiter Richtung Dorf, über endlose Dünen und darauf wogenden Gräsern. Dann tauchte ein befestigter Weg auf, eine kleine Wohltat für meine angestrengten Füße.

Da erschien auf einmal ein kleiner Junge mit blonden Haaren.

„Ach, Hallo Manuel, du bist wieder da.", begrüßte er mich und wir nahmen uns in die Arme.

„Wo warst du so lange? Ich habe dich vermisst.", sagte der Junge.

„Ja, mich haben die Arbeit und der Stress voll im Griff gehabt. Ab jetzt bin ich eine Zeit lang für dich da."

Spielend gingen wir dem Dorf entgegen. Dort angekommen, begrüßten uns die Dorfbewohner.

„Hallo Manuel, wir haben dich vermisst! Geht es dir gut?"

„Naja, so Lala."

„Komm und setz dich und trink was erfrischendes."

Sie brachten mir kühlen Saft, den ich in einem Zug leerte. Überall waren nette Leute, die mir zulächelten, genau das braucht mein Innerstes. Ein schönes Dorf mit kleinen verwinkelten Straßen. Die Häuser sind klein aber recht einladend und mit bunten Farben verziert. Und ein hübscher Park lag in der Dorfmitte. In dem mittig ein Baum Platz hatte.

„Noch etwas zu trinken?", fragte eine junge Frau, die sehr adrett aussah.

„Oh ja, bitte!", sage ich und lächele sie an.

Sie freute sich und ging beschwingt davon.

„Oh, ich muss weiter liebe Leute, tut mir leid. Auch mein Traum dauert nicht ewig."

Ich packte meine sieben Sachen und los ging es zum kleinen Hafen. Auch mein kleines Ich winkte mir zu.

„Bis bald!".

Viele kleine Fischerboote dümpelten am Anleger herum und warteten auf reichen Fischfang. Gierige Möwen umkreisten sie, um noch irgendeinen Fisch zu ergattern. Männer mit tiefen Furchen im Gesicht, gezeichnet von der rauen See, flickten ihre kaputten Netze. Trotzdem sahen sie zufrieden aus. Es war ihr Traumjob im Traum. Einmal fuhr ich mit Ihnen hinaus. Eine tolle Fahrt war das. Wir haben Unmengen von Fisch gefangen, auch Krebse. Das ganze Deck wimmelte von silbernen Fischen. Sie schmeckten später herrlich frisch, nicht wie die zuhause von Iglo. Am Abend zurück wurde der Fang mächtig gefeiert mit vielen Krügen und einer Pfeife. Diesen Duft und das Flair kann man nicht vergessen.

Es ging weiter Richtung Leuchtturm. Viele von den Leuten winkten mir noch zu. Es wurde immer wärmer. Doch der Seewind erfrischte etwas. Der Leuchtturm lag auf einer Anhöhe und ich begann schnell zu schwitzen. Er kam immer näher. Von hier oben hatte man einen grandiosen Blick über die ganze Insel. In ihrer ganzen Schönheit lag sie da, ein Paradies. Da sah ich auch schon Karl, der oben an der Brüstung stand.

„Hallo Manuel, schön dass man dich mal wieder sieht. Komm rein, lass uns einen Tee trinken und erzählen."

Ich ging zu ihm. Neben dem Turm stand ein kleines Häuschen mit kleinen Fensterläden und das Holz war in hellen Farben gestrichen. Der Tee, den Karl zubereitet hatte, schmeckte vorzüglich, ein bisschen nach Zimt. Natürlich musste auch Kandis mit rein. Karl war ein groß gewachsener rau wirkender Mann mit wettergegerbtem Gesicht und dennoch sehr zuvorkommend. Er weiß, was er will, und geht seinen Weg. Was man von mir nicht immer behaupten kann. Aber heute war er stiller als sonst.

„Was bedrückt dich, Karl?"

„Was meinst du?", fragte er verwundert.

„Ich sehe das doch an deine Augen."

Er ließ sich nicht lange bitten.

„Ja, etwas verändert sich hier draußen. Die Wolken sehen manchmal nicht mehr so aus wie sonst. Auch die Stürme nehmen zu und die Gewitter sind heftiger geworden."

Sein Blick senkte sich und verlor sich in seiner Teetasse.

„Komisch, genauso wie in meiner Welt.", warf ich ein.

„Auch tauchen immer wieder Walfänger-Boote auf

und jagen diese wunderschönen Tiere. Was soll ich dagegen machen?"

Ich grübelte eine ganze Weile darüber nach.

„Du Karl, alles Negative kann mit positiven Gedanken bekämpft werden."

„Ja da hast du Recht, mit unseren positiven Gedanken, die Waffen sind, greifen wir sie an."

Wir gingen hinaus, kletterten die Stufen des Leuchtturm hinauf und stellten uns an seine Brüstung. Die Schiffe waren schon bedrohlich nah an die Wale herangekommen. Blitze zuckten aus dem dunklen Himmel, das Meer begann zu toben. Gemeinsam fassten wir uns hinten an den Händen und unsere Gedanken schossen den Schiffen entgegen. Augenblicklich zerfielen sie vor unseren Augen zu Staub.

„Das gibt es doch nicht?!", stieß Karl ungläubig aus.

Das Positive in uns hatte gewonnen, das Gute in

uns. Die Wale schwammen davon und einer winkte uns mit seiner Schwanzflosse zu. Da begann auf einmal die Luft zu flimmern.

„Oh nein, das heißt, es geht langsam zurück."

„Oh schade," meinte Karl, „wir sehen und sicher bald wieder."

„Auf jeden Fall. Die Insel lässt einen nie los."

Vor meinen Augen verschwamm alles, langsam wachte ich wieder auf von der Insel meiner Träume, die man doch immer wieder gerne besucht.

Die Fähre

Schon morgens beim Aufstehen hatte ich leichte Kopfschmerzen. Etwas benommen stand ich auf. Ich ging ins Badezimmer und erfrischte mein Gesicht mit kaltem Wasser.

„Etwas besser.", stellte ich in den Spiegel blickend fest.

Dann führte mein Weg, leicht stolpernd, in die Küche, um mir und meiner Frau einen Kaffee zu kochen. Da erhob sich eine Stimme aus dem Schlafzimmer:

„Musst du früh morgens schon so einen Lärm machen? Ich will noch schlafen!"

Die hat doch schon die ganze Nacht geschlafen, schlechte Laune oder was, dachte ich etwas grantelig und zog mich an.

„Mach aber nicht wieder so viel Unordnung!", krähte es aus dem Schlafzimmer noch hinterher.

„Ach, lass mich doch In Ruhe mit deiner Zeterei!"

Ich glaube ich muss hier heute weg, sonst eskaliert was. Am besten aufs Fahrrad und ab zum Fluss, der nicht weit weg von hier fließt.

„Bin dann mal paar Stunden mit dem Fahrrad weg!", rief ich knapp und zog schnell die Tür hinter mir zu.

Grummelig schallte es zurück:

„Na fahr doch!"

Ich war schon nach draußen geflohen, bevor es noch schlimmer kommen würde. Dann die Garage auf und schnell das Rad rausholen. Ich wollte mich eben draufsetzen. Oh, zu wenig Luft. Na, Hauptsache keinen Platten. Das wäre ja sonst zu viel zu meinem Glück. Die Luft ließ sich glücklicherweise aufpumpen. Dann mal los.

Draußen war es noch leicht schummrig und trübe mit leichtem Nebel. Aber den Weg zum Fluss kannte ich blind. Puh, erst mal in Gang kommen mit den steifen Knochen. Nur langsam wurde es besser. Der Weg schlängelte sich in leichten Kurven dahin. Das Gras im Land wiegte sich im Wind. Dann sah ich, gelegen hinter einer sanft abfallenden Wiese, den Fluss vor mir, der sich wie eine Schlange in endlosen Kurven durch die Landschaft schlängelte. Unten am Fluss konnte ich den alten Anleger sehen. Die Sonne ging nun auf mit ihren unglaublichen Farben. Mit Orange, Gelb und Rot, durchzogen von leichten Wolkenlinien von Purpur. Als ich zu dem Anleger hinunter radelte, sah ich dort die alte Fähre liegen. Ein kleines Segelboot fuhr in der Mitte des Flusses dahin, still und leise. Einige Enten wurden aufgescheucht und flogen laut gackernd gegen die Morgensonne. Nanu? Wo war denn der Fährmann heute? Ach da! An der Seite stand er etwas versteckt an einer Sanddüne. Ich winkte ihm zu, dann sah er mich auch.

„Du bist aber früh heute. Hat dich deine Frau mal wieder genervt?"

„Wie recht du hast. Wir kennen uns wohl schon zu lange."

Justus, der alte Fährmann, packte die Pfeife aus und zündete sie langsam mit einem langen Streichholz an. Es roch fantastisch aromatisch und etwas süßlich. Sein Gesicht erhellte sich. Trotz der vielen Falten, die die harte Arbeit in sein Gesicht schrieb, war er meistens gut drauf.

„Macht wieder 5, wie immer.", sagte er mit klarer Stimme, die ziemlich tief dröhnte.

Ich gab sie ihm.

„Na, dann mal los und das Rad auf die Fähre schieben."

Er machte die Leine los und brachte mit einem

langen Holzstab das Boot in Bewegung. Ein wenig begann es zu schaukeln. Aber das mochte ich gerne.

„Na, ich muss dich wohl ein bisschen aufmuntern.", meinte Justus und zeigte grinsend seine braunen Zähne.

„Weißt du, der Fluss ist wie eine Frau, mal ist er ruhig und dann wieder reißend und wild. Am besten lässt man sich einfach mit der Strömung treiben."

Ich musste herzerfrischend lachend. Dann wurde seine Miene ernst.

„Die Jahre gingen so schnell dahin.", sagte er dann noch.

„Bald gehe ich in Rente. Und die Fähre auch. Und dann kommt ein motorgetriebenes Boot. So ist der Fortschritt. Das Alte wird nicht mehr gebraucht."

Er schaute wehmütig auf den Fluss. Nun musste ich ihn aufmuntern und legte die Hand auf seine Schulter.

„Danke...", sagte er leise.

„Nun fahr aber los!"

Er legte die Fähre an den Anleger.

„Bis nachher. Und denk dran. Um 5 ist Feierabend!", rief er hinterher, und machte das Boot fest.

Ich trat in die Pedale, um dem Fluss zu folgen. Vor mir lag ein schönes Haus aus Backsteinen. Es gefiel mir sehr. Das war eines diese Häuser, wegen denen wir vor all den Jahren hier rausgezogen sind. Vorbei ging es an frischen Wiesen und stattlichen Weiden. Die Zeit verging wie ihm Flug. Irgendwann fand ich einen alten Feldstein, der still in der Sonne lag und machte eine kurze Zigarettenpause. Ich ließ den Blick über die Landschaft schweifen und freute mich. Hier draußen nur mit einer zeternden Frau. Manchmal bereue ich die Entscheidung, dass wir hier rausgezogen sind. Ob sie es auch manchmal tut? Aber die Ruhe und die stille Natur sind immer wieder Entschädigung genug für die kleinen Zweifel. Eine ganze Weile genoss ich so den Ausblick und die Zeit. Dann sah ich auf meine Armbanduhr.

„Oh nein! Ich muss wieder zurück. Sonst verpasse ich die Fähre."

Ich schwang mich schnell auf meinen Drahtesel und machte mich auf den Rückweg. Wieder angekommen und etwas verschwitzt ging es zurück an Bord.

„Na, war es schön?", fragte Justus.

„Doch, sehr gut, es hat mir wieder sehr gutgetan."

Wir legten ab, und erneut steckte er sich die Pfeife an. Die Fähre glitt langsam den Strom hinüber. Vielleicht schon ein letztes Mal? Drüben angekommen fuhr ich wieder Richtung Heimat. Aus der Ferne winkte ich ihm ein letztes Mal zu. Dankbar erwiderte er meinen Gruß und drehte sich wieder um zum Fluss. Etwas wehmütig fuhr ich nach Hause und der Fährmann ging mir noch lange durch den Kopf. Dann kam ich heim und wurde überraschenderweise ganz lieb von meiner Frau gegrüßt. Sie ist eben einfach kein Morgenmensch.

Der Tag als der Regen kam

Es gibt im Leben Situationen, da denkt man es kann nicht mehr schlimmer kommen. Doch da täuscht man sich. Wie im Jahre 2022. Vom Beruf her betreiben ich und meine Frau Landwirtschaft, aber auch Forstflächen gehören dazu. Eigentlich ein Traumberuf, wenn nicht die letzten Trockenjahre gewesen wären, hier in Oberfranken und auch in ganz Deutschland. Aber erst mal zum Anfang der Geschichte. Ich heiße Gert Sanders und bin 45 Jahre alt. Schon als junger Bub kam das Interesse auf, für die Natur und den Wald. Tagsüber war die grüne Wiese mein Revier und ich probierte allerlei Blumen und Kräuter, die einfach wunderbar schmeckten. Mein Großvater fragte, stets erheitert, ob ich eine Kuh wäre, mir würde ja nur noch eine Glocke um den Hals fehlen. Zu dieser Zeit war das Klima noch einigermaßen in Ordnung und Regen und Sonne wechselten sich ab. Nach der Lehre für Landwirtschaft und Forst übernahm ich den Hof von meinem Vater. Er meinte augenzwinkernd:

„Nun such dir eine Gefährtin und zeuge mit ihr ein Kind."

„Das muss aber passen." erwiderte ich und zwinkerte zurück."

Schon beim nächsten Dorffest passte es dann plötzlich. Und nur ein Jahr später wurde mein Herz völlig von Liebe durchschossen mit einer alsbaldigen Hochzeit.

Einige Zeit später kam dann mein Sohn Florian zur

Welt. Er war der Stolz unserer ganzen Familie. Es folgten viele fruchtbare Jahre und die Ernten waren reichhaltig. Die Bäume wuchsen in den Himmel und die Schösslinge waren voll des grünen Laubes. Auch meiner Frau Anita gefiel es, wie alles wuchs. Sie strich immer mit ihren Händen über die Kornehren als Zeichen der Dankbarkeit. Des Öfteren gab es im Wald auch mal eine richtige Zapfenschlacht mit meinem Sohn Florian, die er meistens gewann. Oder man lag einfach im Gras und schaute den Wolken zu. Stets ahnte ich aber auch, dass es so vielleicht nicht immer bleiben wird. Und eines Tages kam es so dann auch.

Eine Dürre hielt Einzug und wurde von Jahr zu Jahr schlimmer. Der Borkenkäfer vernichtete fast die Hälfte aller Fichten. Wie traurige Gerippe standen sie da, alles Leben aus ihnen entwichen. Aber auch viele der majestätischen Buchen starben Stück für Stück. Meinem alten Vater liefen die Tränen übers Gesicht.

„Über 100 Jahre alt…", sagte er fassungslos, „und nun fast nichts mehr wert."

Tröstend nahm Anita ihn in den Arm. Zum allem Überfluss kam dann noch dieser verflucht heiße Sommer. Keine Ruhe gab er uns mit dem Wässern der Felder.

„Du Papa.", sagte Florian, „Brunnen Nummer drei ist versiegt…"

„Oh nein gerade der, dann sind die Kartoffeln bald hin."

Wozu das alles, dachte ich mir, knallte die Tür vom Traktor zu und fuhr zum Feld. Unterwegs nur noch Bäume mit braunen und gelben Blättern, die mir traurig zuwinkten. Auf dem Acker angekommen der große Schrecken. Tiefe große Trockenfurchen durchzogen die Erde. Die Kartoffeln waren so klein wie Murmeln. Die Wut packte mich und ich schrie nach oben und schlug mit den Händen auf den Boden.

„Warum Gott?! Lass doch alles verrecken, dann ist es wenigstens vorbei."

Da zog mich plötzlich etwas nach oben, wie eine unsichtbare Hand und im inneren eine Stimme...

„Der Tag wird kommen."

„Was wird kommen?"

Keine Antwort. Und was soll das alles? Das sollte ich erst Wochen später erfahren. Bis dahin spielten sich noch ergreifende Dinge ab. Eines Abends saßen wir Bauern zusammen, die meisten mit trauriger Miene.

„Hast du schon von Karl gehört?"

„Ja, er hat es nicht mehr ausgehalten, aufgehängt am Scheunenbalken haben sie ihn gefunden."

Fassungslos schauten viele nach unten. Da halfen auch alles Bier und der Schnaps nicht mehr. Lars meinte dann:

„Wir werden doch alle alleine gelassen. Vor allem die Regierung lässt uns allein. Die sitzen doch alle nur auf ihren Sesseln und kneifen die Arschbacken zusammen."

„Langsam, langsam so kommen wir nicht weiter", versuchte Stefan seinen Kumpel zu beruhigen.

Da meinte Paul:

„Wie wäre es, wenn ihr mal wieder in den Gottesdienst gehen würdet."

„Ach Gott? Der hat uns doch schon längst verlassen!", meinte ich und ging missmutig nachhause.

Dann sollte alles noch schlimmer kommen. Eines Nachmittags, die Sonne brannte ohne Ende, wollte ich Vater fragen, ob er was trinken wollte in seinem Schaukelstuhl. Keine Regung mehr. Er war friedlich eingeschlafen.

„Nein! Nein auch das noch!"

Ich lief ins Haus wo wir uns alle umarmten und weinten.

Nach der Beerdigung kam eine gewisse Ruhe in unser Innerstes. Aber der Sommer war noch nicht vorbei. Ende August wurde es nochmal sehr heiß und ein Wind kam heftig aus Ost. Da stieg Richtung Wald eine Rauchwolke empor. Nicht lange, da ertönten die Sirenen. Dieser Ton ging einem durch

Mark und Bein. Schnell Richtung Wald. Da fuhren auch schon die Feuerwehren los. Von weitem sah man inzwischen eine mächtige Rauchwolke mit Flammen vermischt. Der starke Wind fachte das Feuer mehr und mehr an. Auch mein Stück Wald war davon betroffen. Die Hitze war mörderisch gefährlich. Der Kampf dauerte mehrere Tage, und viel war nicht mehr zu retten. Die Feuerwehrleute waren am Ende ihrer Kräfte. Viele verbrachten ihre Pausen bei uns im Dorf. „Na Leute, habt vielen Dank!", begrüßte ich sie immer und brachte ihnen regelmäßig Erfrischungsgetränke, die sie dankbar annahmen. Bald war der Brand gelöscht. Wir hatten fast alles verloren. Anita nahm mich mitfühlend in den Arm. Ich heulte wie ein Schlosshund. Es dauerte lange bis meine Familie und ich uns davon erholen sollten. Ende September gingen wir, nach langem Zureden meiner Frau zum Gottesdienst. Mittlerweile hatte sich der ganze Ort dort versammelte und meine Nachbarn und ich gingen auf die Knie und beteten für Regen.

Am 29. September verdunkelte sich der Himmel und es regnete Tage und Wochen. Wir sangen und liefen im Regen herum und dankten Gott. Es dauerte noch lange bis die Natur und Bäume sich von der Dürre erholten. Aber die nächsten Jahre wurden besser und feuchter. Es kam wieder eine Zeit für Dankbarkeit und der Segen von oben schien die Welt ein wenig zu lenken.

Als die Wolken nicht mehr schwanger wurden

Alles fing so um 2018 rum an. Wir Wolken reisten um die Erde um alle (oder die meisten) mit Tränen zu versorgen. Es wurden noch genug Wolkenbabys geboren und wir freuten uns, dass alles so schön ist und über all die guten Ernten. Aber dann geschah etwas Merkwürdiges. Viele meiner Freunde hatten schlechte Laune oder ließen es gar nicht mehr regnen. Ich fragte daraufhin meine Nachbarin:

„Was ist denn mit euch los? All diese Schmerzen und diese Lustlosigkeit."

Selbst ihre Tränen, die Regentropfen, wollten nur noch hier bei ihnen bleiben. Irgendwann kam es mir. Ich nahm an, die vielen Flugzeuge und die von Menschen erzeugten Abgase machten uns krank. So schwebten wir über eine Welt, die immer mehr verdorrte und die Wälder verbrannten, weil der Mensch kein Maß mehr kannte. Einmal hielten wir eine Große Versammlung über dem Ozean ab, es war so eine Art Tribunal. Einige der Größten Wolken ergriffen das Wort.

„Wir müssen uns wehren gegen die Menschen, sonst sterben wir aus!"

„Ja!", meinte ein anderer ergriffen, „So geht es nicht mehr weiter!" und ließ mächtige Blitze nach unten zucken.

Andere Wolken meinten, man soll es doch friedlich

versuchen, dass wir zu unserem Herrgott und Schöpfer beten, dass alles wieder normal wird. So ging es eine Weile hin und her. Einige blieben friedlich, andere waren auf Krawall gebürstet.

Und so kam es schließlich durch diese Uneinigkeit zu einem Krieg der Wolken. In einigen Gegenden der Erde gab es Überschwemmungen, in der anderen Hitze oder Dürre. Einige der radikalen Wolken verfärbten sich blutrot oder grün, um die Menschen zu erschrecken. Viele verwandelten sich in Tornados oder Hurricanes und vernichteten ganze Städte oder Wälder. Das nahm die letzten friedfertige Wolken ganz schön mit. Da sagte ich traurig:

„Meine Freunde, wir sind ja auch nicht besser als die Menschen."

Ich fiel verzweifelt zu Boden. All die Kämpfe überstanden viele von uns nicht. Ein blutroter Regen ging vielerorts nieder und vergiftete das Wasser. Es gab aber auch noch ein paar letzte schöne Momente. Wo ein Menschenkind auf einer braunen Wiese spielte, sehr traurig nach oben blickte, und rief:

„Liebe Wolken! Schickt doch ja bald regen."

Schon in der Nacht fielen unsere Kinder nach unten und es goss in Strömen. Zwei Tage später kam das Kind wieder zurück zur Wiese und freute sich das alles so schön grün war.

„Vielen Dank ihr lieben Wolken!", und es spielte

wieder glücklich weiter.

Die Menschen wurden leider immer noch nicht einsichtig und vergeudeten weiter das Wasser für kostspieliges Gemüse und Swimmingpools. In manchen Gegenden stieg die Temperatur auf 40 Grad und mehr. Viele der Menschen starben an Hitzschlag. Ein paar Wolken in meiner Nachbarschaft meinten voller Ärger

„Seht euch das an, noch immer haben sie keine Einsicht und durchbohren uns weiter mit ihren Flugzeugen."

Wir Wolken hielten uns jetzt meist in Gegenden auf, wo es nur wenige Menschen gab. Dort gab es noch Freude und Freiheit. Es kam manchmal zu regelrechten Wolkenspielen. Einmal stießen wir so heftig zusammen, dass es nur so zuckte und krachte. Und unsere Kinder lachten laut. Es gab auch einige Freche beim Spielen.

„Guck mal die fette Wolke da hinten an, die kann ja kaum noch fliegen."

Sie wurde sehr traurig und ging als Nebel herunter. Die Freche bekam Stubenarrest und musste eine ganze Woche ganz weit oben bleiben. So gingen die Jahre dahin. Und nach und nach wurden die Menschen doch einsichtiger und reduzierten die Abgase, die uns zerstörten. Die Jahreszeiten glichen sich wieder an, es wurden auch wieder unglaublich viel Bäume gepflanzt, die wir dann auch reichlich von oben bewässerten. Und dann, noch viel später wurde auch der Krieg der Wolken beendet. Und majestätisch und groß umschwebten wir wieder in Frieden die Erde. Dankend nahmen es die Menschen an, denn es geht nur miteinander.

Zauber des Herbstes

Wir lieben den Herbst! Meine Freundin Moni und unser Hund Rudi. Die Farben der Natur sind fantastisch. Als hätte Van Gogh seine Farben über die Landschaft gegossen. Impressionen in der Landschaft oder Drogenrausch der Natur. Ich meinte zu Moni:

„Lass uns die Zeit ausnutzen und wir fahren mit unserem Wohnmobil Richtung bayrischer Wald.

„Tolle Idee! Lass uns schnell packen und fahren los.", erwiderte sie.

Der Tag, an dem wir fuhren, war morgens schon sehr kalt. Die letzten Herbsttage lagen vor uns. Als bald ging die Sonne aber wärmend auf und verwandelte alles in ein goldenes Licht. Ein großer Teil der Strecke, die wir fuhren, war Autobahn, um vorwärts zu kommen. Natürlich mit reichlich Pausen. Rudi freute sich mächtig, wenn er raus durfte und seine Quietscheente im Maul hatte. Moni meinte etwas genervt:

„Nächstes Mal gibt es etwas, was keine Geräusche macht"

Dann gegen Abend kamen wir an unserer Unterkunft an. Ein schönes, gemütliches Gasthaus mit einem ansehnlichen Ambiente, wie es in Bayern so üblich ist.

„Oh ja, jetzt was essen!" sagten wir uns unisono.

Uns knurrte schon der Magen. Der Wirt empfahl uns Schweinshachse mit Sauerkraut. Das war köstlich. Rudi bellte laut und bekam den Knochen. Dann ging es zum Stellplatz für unser Wohnmobil, nahe dem Nationalpark. Die Nacht dämmerte heran. Der Vollmond tauchte alles in ein fahles Licht. Manch alte Fichten erschienen darin wie Fabelgestalten von Merlin. Aber dann irgendwann übermannte uns der Schlaf. Frühmorgens weckte uns ein Kolkrabe mit seinem durchdringenden Ruf. Rudi schlabberte mir mit seiner Zunge übers Gesicht. Moni lachte lauthals.

„Das Waschen kannst du dir wohl sparen."

So ein vergnüglicher morgen, so muss es sein. Schnell noch die Wasserflasche füllen und Brote schmieren und die Rucksäcke packen. Das Wetter sieht gut aus, sonnig und kühl. Es sollte Richtung Arber gehen, der höchste Berg mit 1350 Metern. Zunächst ging es durch wunderschöne Laubwälder die hell in gelb und rot leuchteten. Indian Summer in Deutschland. Besonders gefielen uns die Ahorne. Die Blätter segelten manchmal wie Luftschiffe und drehte sich wunderbar. Auch das Rauschen der Zitterpappel war im Wind beeindruckend. Wie eine Symphonie in D-Dur. Manchmal schnappte Rudi nach den Blättern, aber leider waren sie nicht sehr schmackhaft.

Moni meinte:

„Guck mal! Die Blätter sind wie mit Adern durchzogen, wie bei uns."

„Ja fantastisch alles hat einen Sinn."

Nun ging es immer weiter Berg auf. Und die Fichten und Tannen wurden immer zahlreicher. Neben unserem Pfad murmelte ein Bach dahin, der uns zwischenzeitlich einlud eine Pause zu machen, um Leib und Seele zu erquicken. Das kühle Wasser in den Flaschen und unsere Brote gaben uns neue Kraft und wir lauschten dem leichten Sing Sang des Baches. Ein paar Wanderer kamen vorbei.

„Grüß Gott und eine schöne Brotzeit!"

„Ja, danke."

Nun aber weiter, sonst läuft uns die Zeit davon. Immer mehr Felsen tauchten auf, die wunderbar mit Flechten bewachsen waren, die leuchteten, wenn die Sonne darauf schien. Mir blieb manchmal die Puste etwas weg. Ja ja, die Raucher. Moni eilte vorweg. Je höher wir kamen desto mehr tauchten zwergartige Bäume auf und die Bäume wurden deutlich lichter. Bald erreichten wir eine sehr schöne Lichtung, die beeindruckende Dimensionen freigab. Was für ein Anblick. Die Sonne leuchtete mit satten Orange- und Gelbtönen über ein Nebelmeer im Tal. Eingetaucht in diese magische Welt vergisst man Raum und Zeit. Aber auch das kann nicht auf ewig bleiben. Zum Gipfel war es nicht mehr weit. Dort angekommen machte sich dann aber Enttäuschung breit. Leider krabbelte auch hier der Borkenkäfer und hatte ganze Arbeit geleistet. Ganze Berghänge waren braun und tot. Aber irgendwann wachsen auch hier wieder Wälder, nur anders. Es nützte nichts. Es ging zurück, bevor es dunkel wurde. Diesmal nahmen wir einen einfacheren Weg. Auf diesem begegneten uns mehrere Wanderer. Das Wetter änderte sich schlagartig. Das ging schnell hier. Ein heftiger Schauer ergoss sich plötzlich über uns und wir suchten Schutz unter mächtigen Fichten. Im Geiste dankte ich dem Baum für seinen Regenschirm. Bald wurde der Regen weniger und rechtzeitig erreichten wir unser Wohnmobil, bevor die Dunkelheit uns einholte. Es gab noch ein warmes Süppchen und dann ging es zu Bett. Es sollten noch ein paar schöne Tage folgen. Aber dann zog der Winter unumstößlich ein und verwandelte die Natur in helles Weiß. Die Flocken legten einen tollen Tanz hin, wie in einem Ballett, und der Wind spielte ein Lied dazu. Zeit, nach Hause zu fahren und vielleicht im nächsten Frühjahr wieder zu kommen, um eine grüne Pracht zu erfahren.

Eine Flocke namens Stella

Noch war sie versteckt in den Wolken, als Regen, und befeuchtete die Erde und das Grün. Aber dann, als es immer kälter wurde und der Winter kam, wurde Stelle geboren, wie viele andere Flocken. Sie war besonders schön. Wie ein Stern, leuchtend weiß.

„Oh, wie schön.", sagten die anderen Flocken, „lasst uns zur Erde fallen und die Menschen erfreuen."

In einem Reigen tanzten sie im Wind umher, einem Ballett gleich. Bald darauf bildete sich eine Schneedecke mit Milliarden von Flöckchen. Stella mochte es nicht, so zusammengeklebt zu werden. Sie liebte die Freiheit und schwebte weiter ins Land hinein. Schneller und schneller durcheilte sie den Luftraum, um schließlich am Boden ein kleines Mädchen zu erblicken, das einsam auf einem Schlitten saß. Da fiel Stella genau auf den Schlittenrand und grüßte.

„Hallo ich bin Stella!"

Das Mädchen erschrak. Eine Flocke die Reden kann. Und was für eine Große.

„Du siehst so traurig aus.", fuhr die Schneeflocke einfach fort.

„Ja, keiner spielt mit mir und mein lieber Hund Fips ist vor ein paar Wochen gestorben.

Tränen liefen ihr übers Gesicht. Die Flocke fragte sie:

„Soll ich mich in einen Hund verwandeln?"

Das Mädchen rief sofort aus:

„Oh ja, bitte!"

Es machte Puff und plötzlich stand ein wunderschöner weißer Hund vor ihr.

„Oh, siehst du toll aus! Wollen wir durch den wunderschönen Winterwald gehen?"

„Ja, gerne", sagte Stella und schnappte die Leine des Schlittens.

Im Eiltempo fuhren sie zum Wald. Alles glänzte in der Sonne und funkelte wie Diamanten. Schnee überzog die Bäume inzwischen wie Puderzucker. Das Mädchen hatte großen Spaß daran und lobte Stella, die so eifrig den Schlitten zog. Bei einer kurzen Pause auf einer Waldlichtung setzte sich Stella auf ihren Schoß und wärmte sie. Gesicht abschlecken inbegriffen.

„Oh, es ist schon reichlich spät, lass uns zum Dorf

zurückfahren.", bemerkte das Mädchen, „Da ist noch ein Adventsmarkt."

„Oh ja!", rief Stella aus.

Ihr Hunger war groß. Alles im Dorf war hell erleuchtet und es roch angenehm nach Kräuterbonbons und Grillfleisch. An einem bunten Holzhäuschen hielten sie an.

„Mhh, das sieht aber gut aus.", frohlockte das Mädchen. Und auch Stella leckte sich schon über ihr Maul. Der nette Mann im Häuschen fragte.

„Was darf es denn sein?"

Stella sprach laut:

„Zwei Bratwürste bitte!"

Der verdutzte Mann fiel beinah rückwärts um. Ein sprechender Hund, das war zu viel.

„Nie wieder trinke ich so viel Glühwein!", schwor er sich und rappelte sich langsam wieder auf.

„Hier nehmt die Würste mit und geht."

„Danke!", meinte Stella, „Sie sind ein guter Mann."

Der konnte es kaum glauben, verdrehte verwirrt die

Augen und wandte sich ab.

„Hmm, das ist aber lecker.", stellten beide fest.

Sie waren erstmal satt. Es gab noch so viele schöne Sachen zu entdecken. Aber auf einmal machte sich eine gewisse Müdigkeit breit. Das Mädchen holte sich noch eine Zuckerwatte, die genau so weiß war wie der Hund. Beide waren sehr zufrieden.

„Oh, es wird schnell dunkel.", sagte das Mädchen. „Ich will nicht nach Hause.", meinte sie dann weiter. „Meine Eltern sind nie da und einen neuen Hund bekomme ich auch nicht."

Sie ließ traurig den Kopf hängen.

„Dann komm doch mit mir mit!", schlug Stella vor.

„Wie denn?", fragte das Mädchen.

„Oh, ganz einfach", sagte Stella, „du wirst auch eine Schneeflocke. Dann ist keiner mehr allein."

„Oh ja, bitte!"

Kaum gesagt, waren es auf einmal zwei Flocken, die der Wind mitnahm.

„Stella, so tolle Freunde hast du hier oben."

Alle begrüßten die neue Flocke.

„Schön, dass ihr hier seid."

Und nun ging es über die ganze Welt. Im Sommer verwandelten sie sich in Regentropfen und wässerten die Erde, bis der nächste Winter kam. Alleine waren sie nun niemals mehr.

Weihnachtseinkäufe mit Opa Huse

Wie jedes Jahr ging es wieder früh los. Opa Huse bläst um 8 Uhr die Trompete zum Einkauf. Seine Frau meinte noch zu ihm:

„Nimm das Auto unserer Tochter, da geht doch mehr rein!"

„Was, ich bin ein Schwein?", empörte er sich.

Er hörte sehr schlecht und die Augen waren auch nicht mehr viel besser.

„Das ist aber nicht sehr nett von dir.", beschwerte er sich. „Ich hab letzten Sonntag erst gebadet.

Seine Frau wiederholte es für ihn. Sie kannte das schon.
„Nimm das Auto von Marlene! Da geht mehr rein!", schrei sie ihn beinah an.

Opa Huse schreckte auf.

„Herrgott Weib, nicht so laut! Ich hab's ja schon verstanden! Ich nehm das neumodische Teil. Danke! Bin bald zurück."

„Und ärger die Leute im Laden nicht wieder.", ermahnte sie ihn.

„Ja ja, danke. Bis später."

Er ging zum Wagen seiner Tochter und stieg ein.

„Was kein Schlüssel mehr? Nur noch eine Karte zum Aufmachen? Immerhin ist der Sitz bequem." Er startete den Wagen, da sagte eine Frauenstimme plötzlich: „Bitte anschnallen und die Tür schließen"

„Was wer redet da? Das Auto spricht mit mir?"

„Bitte befolge meine Anweisungen", sagte die Frauenstimme.

„Du dusselige Kuh, ich lasse mir von so einer jungen Göre doch keine Befehle geben."

Er stieg aus und ging zu seinem VW Käfer

„Der fährt wenigstens ohne zu meckern!"

Er brauste los, dass die Reifen quietschten. Unterwegs dann der nächste Schock Fahrzeugkontrolle, Polizei.

„Na na, zu schnell" meinte der Polizist zu Opa Huse. „Ihren Führerschein bitte."

„Was? Der Führer ist doch schon lange tot, Herr Jägermeister."

„Haben sie etwas getrunken?", fragte der Polizist.

„Ja, viel Wasser."

50 Euro Strafe wegen Beamtenbeleidigung.

„Jaja alles gut, war nicht so gemeint."

Gleich einem Wunder, ließen sie ihn aber fahren.

Man kannte Opa Huse.

Endlich am Einkaufszentrum angekommen zündete er sich erschöpft erstmal eine Zigarre an. Eine Frau die dicht an ihm vorbei ging hustete stark. Da meinte Opa Huse:

„Ja rauch auch mal kräftig mit, dann kannst du auch besser auf Toilette gehen."

Kopfschüttelnd ging sie weiter. Mit einer großen Tasche bewaffnet ging er dann schließlich in den Laden. Einige erkannten ihn wieder und gerieten in leichte Panik. Erstmal sehen, was alles auf dem Einkaufszettel steht. Alles in großen Buchstaben. Das geht ja.

„Was? Obst?", wunderte er sich und strich es sogleich von der Liste seiner Frau. „Ist eh alles faul", bemerkte er und schmiss einiges auf den Boden. Eine Frau rutsche plötzlich darauf aus.

„Nicht so eilig junge Frau, wir haben doch viel Zeit.", meinte Opa Huse.

Er ließ sie liegen und ging schnurstracks auf die Fleischabteilung.

„Eine Weihnachtsgans bitte. Und machen sie sie gleich leer."

„Die sind heute immer leer.", bemerkte der Metzger. „Hier bitte haben sie die Gans."

Opa Huse nahm die Gans.

„Wie kann denn ne Gans ohne Innereien leben? Sachen gibt's!", wunderte sich Opa Huse.

Der Metzger ließ es so stehen und widmete sich der nächsten Kundin.

„Na, noch alles heile?" fragte Opa Huse sie.

Es war die Dame aus der Obstabteilung.

Sie schnaufte verächtlich und wandte den Blick ab.

Opa Huse schaute in ihren Einkaufskorb.

„Mensch! Das sind aber tolle Äpfel. Haben sie die zwischen dem ganzen faulen Obst gefunden? Sie haben sicher nichts dagegen, wenn wir teilen, oder?"

Ehe die Dame wusste, wie ihr geschah, bediente Opa Huse sich fleißig am Korb der Dame.

„Meine Frau mag ihre Gans mit ordentlich Füllung."

Er legte sie auf einen Tisch, von dem er die Waren runtergefegt hatte und öffnete die Gans. Nun nahm er die Äpfel und fand im Korb der Dame noch ein paar Pflaumen und begann die Gans damit zu befüllen.

„Na hören sie mal, das geht nicht, das wieder spricht den Hygienevorschriften!", rief der Metzger.

„Ich höre nicht so gut, erwiderte Opa Huse und fuhr unbeirrt fort.

„So! Jetzt ist die Gans komplett fertig. Da wird sich Betty freuen, dass sie weniger Arbeit hat.", stellte er fest und begutachtete stolz sein Werk.

Dann packte er sie ein und ging weiter. Entsetzen machte sich allmählich im Laden breit.

„Hoffentlich geht er bald wieder.", flüsterte der Metzger zur bestohlenen Dame.

Langsam füllte ich seine Tasche. Beim Weinregal zündete er sich eine weitere Zigarre an. Ein Angestellter des Ladens kam gleich zu ihm.

„Sie dürfen hier nicht rauchen.", belehrte er ihn.

Opa Huse ließ sich nicht gern belehren.

„Hör mal Jungchen, ich bin alt genug, da werd ich dich wohl rauchen dürfen.", empörte er sich und blies dem Burschen den Rauch ins Gesicht.

Dieser ergriff hustend die Flucht.

„Der muss neu hier sein.", bemerkte Opa Huse und schüttelte verwundert den Kopf.

Nachdem das nun geklärt war, wandte er sich in Ruhe dem Wein zu. Eigentlich trinkt Opa Huse lieber Bier, aber zum Fest durfte es auch ein Wein sein.

„Hmm, das sind viele. Da muss ich prüfen. Sonst gibt's Ärger zuhause." Er nahm sich einige der Flaschen mit Schraubverschluss.

„Korken sind was für Ökos.", sagte er zu sich und lachte herzhaft.

Nach und nach drehte er nun die Flaschen allesamt auf und nahm hier und dort ein Schlückchen. Er spülte sich ein wenig damit den Mund und schluckte dann alles runter. Seine Urteile fielen verschieden aus. Zu süß, furchtbar sauer, staubtrocken, Pelz auf der Zunge, der muss schlecht sein und stellte die offenen Flaschen wieder ins Regal. Dann kam der Geschäftsführer des Ladens zu Opa Huse.

„Herr Huse, sie wissen doch, probieren geht beim Wein nicht."

Er kannte Opa Huse von den letzten Jahren schon und versuchte es diplomatisch.

„Na ohne probieren geht das doch nicht. Die 5 Flaschen hätte ich dann gekauft. Und die wären alle Mist. Und der hier ist so pelzig, der muss schlecht sein."

Klagend hielt er dem Mann die Flasche vors Gesicht. Dieser gab auf. Dann fand Opa Huse einen Wein, der ihm schmeckte und zur offenen Flasche wollte er noch ein paar Kartons dazu nehmen. Da fiel ihm auf, dass er nur eine Tasche hatte.

„So ein Mist, das krieg ich doch so nicht mit!"

Er blickte sich um. Beim Mehl fand er eine Frau, die ganz vertieft die Sorten studierte und ihren leeren Wagen nicht im Blick hatte. Ist ja Weihnachten dachte er sich und nahm den Einkaufwagen der Frau mit. Freudig legte er seine Einkaufstasche hinein.

„Halt!" schrie die Dame dann plötzlich, „Das ist doch meiner."

„Nein das ist doch meiner. Meine Gans ist doch darin.", schnauzte er sie an und ließ sie stehen.

Sie ging beleidigt weiter. Blankes Entsetzen machte sich im Geschäft breit, und Beschwerden, er solle doch endlich verschwinden. Opa Huse kümmerte es nicht. Er setzte sich erst mal auf eine Bank im Laden.

„Oh, ist das Einkaufen anstrengend.", schnaufte er.

Dann steckte er sich eine weitere Zigarre an, die mächtig qualmte. Die Bank stand dummerweise unter einem Rauchmelder. Da sprang auch schon die Sprinkleranlage an. Im Nu war der Supermarkt pitsch patsch nass und Opa Huses Einkäufe auch.

„Na das bezahl ich aber nicht!"

Die Feuerwehr rückte schon an. Er schlich sich heimlich mit dem Einkauf zur Hintertür und raus.

„Gerade noch mal gut gegangen."

Opa Huse ging erleichtert zu seinem VW Käfer, in dem sich sein ganzer Einkauf jetzt befand und fuhr davon, wie jedes Jahr nach einem Weihnachtseinkauf mit Opa Huse.

Hier kommt Paul Ehrlich

Es regte sich viel Unmut in unserem Land. Keiner konnte mehr seine Meinung frei äußern. Viele Kritiker wurden mundtot gemacht und Demonstrationen unterbunden, unbescholtene Bürger abgeführt, viele Medien gleichgeschaltet und vom Staat gesteuert. Da fiel einem Medienmogul ein:

„Wir brauchen wieder eine Person, die ein Vorbild ist. Ehrlich, gewissenhaft und hilfsbereit. All die Tugenden, die es mal gab, soll sie vertreten. So ein neuer Jesus halt. Reporterin Susi Kleinschmitt. Sie haben die Aufgabe, diesen Menschen zu finden und ihn für unsere Interessen einzubinden. Natürlich für eine hohe Abfindung."

Susi dachte zunächst nicht daran, sich hier für diesen Job ausnutzen zu lassen! Sie wurde dann aber hellhörig als auf YouTube ein Film lief, der einen Mann zeigte, der Obdachlosen half, sie mit Decken und Essen versorgte und sich mit ihnen unterhielt. Den muss ich mir mal näher angucken, dachte sie sich und traf ihn unter einer Brücke.

„Hallo Herr Ehrlich ich heiße Susi Kleinschmitt und möchte gerne eine Reportage über sie machen."

„Warum? sonst kümmert sich doch keiner um die Leute am Rande der Gesellschaft. Für alles in diesem Land muss man kämpfen."

Durchdringend sah er sie an, dann wurden seine Züge sanft. Etwas verlegen strichen ihre Hände durchs Haar und sie fragte ihn dann:

„Bitte. Ich würde Sie gerne mal in unser Studio einladen, um mit ihnen über Ihre weiteren Absichten zu sprechen. Herr Ehrlich. Gerne morgen um 14 Uhr wenn's passt?"

Plötzlich ging es ganz schnell.

„Doch, das geht klar."

Pünktlich erschien er am anderen Tag im Studio.

„Ich habe noch nie so etwas in echt gesehen, diese Technik."

Er blickte wie ein verträumter Junge drein.

„Möchten Sie einen Kaffee?"

„Ja bitte, aber mit Milch."

Sie bekamen den Kaffee gebracht.

„Waren sie schon mal in einem Fernsehstudio?", fragte Susi.

„Nein, bisher noch nicht. Ich bin lieber draußen. Aber beeindruckend ist es schon."

Sie lächelte.

„Herr Ehrlich, dürften wir Ihre Geschichte aufzeichnen?"

„Ja von mir aus.", gab er blitzschnell zurück.

Nun war Susi verwundert. Er wirkte zunächst doch so ablehnend.

„Wenn sie die Geschichte erzählen, bekommen wir vielleicht noch mehr Hilfe.", löste er ihren fragenden Gesichtsausdruck dann auf.

Sie zogen sich daraufhin in ein leeres Büro zurück. Er begann ruhig und manchmal emotional zu erzählen.

„Mein Leben war nicht immer einfach. Ich verlor einen guten Job und geriet darauf in die Obdachlosigkeit. Im Winter war es so bitterkalt, dass man jeden Knochen bibbern spürte. Hunger und Durst waren meine Begleiter. Viele meiner Freunde, die mir auf der Straße halfen, sind verstorben. Das ging viele Jahre so. Dann war es wie ein Wunder!"

Seine Stimme stockte, seine Augen wurden feucht.

„Eine reiche Erbschaft, wie ein Traum aus tausend

und einer Nacht. Gott hat es gut mit mir gemeint. Seitdem bin ich der gute Samariter und gebe denen, die mich dankbar angenommen haben etwas. Meine Aufgabe ist es, denen Mut zu geben, die keinen mehr haben."

Voller Bewunderung hörte Susi seine Geschichte. Das ist der richtige Mann. Dachte sie sich, aber sie hatte Zweifel. Sollte man ihn in den Medien wirklich ausschlachten? Denn nichts anderes würde passieren.

„Ich glaube wir das können den Menschen gut rüberbringen.", sagte Susi dann. „Es hätte auch schon einen Namen, „Die ‚Paul Ehrlich Bewegung'".

„Ja, das gefällt mir.", freute sich Paul. „Sehen wir uns die nächsten Tage wieder." fragte er vorsichtig.

„Wenn sie das möchten Herr Ehrlich, dann sehr gerne."

Susi überlegte, ob sich daraus etwas machen lässt,

was nicht nur schmalziger Kram für die Einschaltquoten ist.

Ohne ein weiteres Wort ging er zur Tür und schenkte ihr ein absolut aufrichtiges Lächeln. Etwas an ihm war anders.

In dem kommenden Wochen begann sich im ganzen Land in beispielloser Weise etwas zu bewegen. Susi machte mit Paul Ehrlich eine Reportage und sie machten ihren eignen Podcast auf. Daran war nichts Außergewöhnliches. Außer das Paul Ehrlich so war, wie er war. Er erzählte von seinen Erlebnissen und Erkenntnissen. Und es erreichte die Menschen. Große Anteilnahme für die Schwachen und Kranken, Spendenaufrufe überall, Menschen gingen auf die Straßen für mehr Gerechtigkeit und Menschenwürde. Viele Krisen wurden auf einmal klein und nichtig. Paul und Susi waren überwältigt von dem, was sie ausgelöst hatten, und Paul freute sich, vor allem für all die Menschen, die nun mehr Unterstützung bekamen.

In der Regierung aber regte sich Unmut.

„Wir verlieren bald die Kontrolle über das Volk. Das muss sich ändern!", schimpfte ein dicker Mann im Anzug auf einer internen Sondersitzung.

Ein anderer stand auf.

„Die Medien, die ihn geschaffen haben, müssen diesem Paul Ehrlich das Handwerk legen."

Sie beschlossen es und wandte sich dem Mittagessen zu.

Schnell bekam Susi Kleinschmitt diese Entscheidung zu spüren.

Ihr Chef kam zu ihr und zog sie beiseite:

„Susi, du musst versuchen, das zu beenden, ihm sagen es ist alles erreicht. Sag ihm, du bist zu erschöpft und brauchst eine Auszeit."

Der Ton ihres Chefs war leicht verängstigt. Etwas stimmte ganz und gar nicht.

Susi besann sich.

„Nein! Das geht nicht.", sagte Susi erbost.

„Nicht, nachdem wir so viel erreicht haben. Ich habe ihnen genau das gegeben, was sie wollten. Und es funktioniert."

Er zog sich nah zu sich ran. Seine Griff wurde fester.

„Ja, Susi, du hast einen guten Job gemacht. Aber hier ging es um Einschaltquoten. Wir sollten einen Bericht machen, damit Menschen vielleicht ein bisschen positiver in die Zukunft schauen und nicht so vieles Hinterfragen. Aber nun hinterfragen sie alles. Das war so nicht gewünscht. Du weißt, wem wir verpflichtet sind."

Susi wusste, dass er nicht die Wahrheit meinte oder ihre journalistische Integrität.

„Tu es oder du bist deinen Job los!", machte er ihr

klar und ließ sie allein, voller Widersprüche in sich, stehen.

Paul hatte ihr gezeigt, dass es ehrliche Hoffnung geben kann. Sie konnte das nicht zerstören. Sie weigerte sich, mitzumachen und verlor prompt ihre Anstellung.

Und wie es so kommen musste, kam es auch. Es wurden viele Falschmeldungen verbreitet. Die Gelder wurden veruntreut und Paul würde nur an sich selbst denken und bald ins Ausland gehen. Er selbst war sehr entsetzt darüber.

„Was soll das, Susi? So etwas habe ich nie behauptet, nie getan?"

Sie schwieg, wie schon seit Tagen. Sie konnte ihm die Wahrheit nicht sagen. Sie hatte Angst, den einzig ehrlichen Menschen zu zerstören, dem sie begegnet war. Er wurde ärgerlich.

„Ich dachte du hältst zu mir und fällst mir nicht in den Rücken. Kann man denn heute keinem mehr vertrauen? Morgen werde ich in aller Öffentlichkeit auf den Marktplatz gehen und das klar stellen."

„Das darfst du nicht!", erwiderte sie energisch.

Sie würden es verreißen, in den Schmutz ziehen, und du hättest nichts gewonnen.

„Aber warum?"

Susi sah ihn mit schmerzverzerrtem Gesicht an. Die Verzweiflung in ihr wuchs ins Unermessliche. Die Wahrheit sagen und ihn zerstören, oder schweigen und dann werden anderes es tun. Sie hielt inne, konnte dann aber nichts mehr sagen.

„Schon gut, Susi. Ich kannte die Gefahr.", sagte Paul noch knapp und verließ sie dann.

Am nächsten Tag versammelten sich viele Menschen um Paul und wollten alles erfahren.

„Ich freue mich über so viel Anteilnahme und bin weiter für euch da. Nun müssen wohl die Menschen dieses Land verändern."

Da verstummte auf einmal sein Mikro. Und auf der Gegenseite der Menge riefen einige von den Medien bezahlten Leute:

„Er lügt!"

„Er ist ein Betrüger!"

„Dem kann man nicht trauen!"

Die Menge wiegelte sich auf. Unmut machte sich breit. Jetzt sagte er auf einmal gar nichts mehr. Toller Retter der Menschen. Einige holten Tomaten und Eis aus ihren Taschen und schmissen sie auf Paul. In seinem Gesicht machte sich eine große Demütigung und Verlassenheit breit und schrie ‚warum'. Nur weg hier und er drängte sich durch die Menge fort, um in eine der vielen Seitengassen zu fliehen. Geradeso schafft er es, um nicht gelyncht zu werden. Susi verfolgte das alles am Fernseher. Und Sie schämte sich so, ihm nicht beizustehen.

„Ich muss ihn suchen, koste es, was es wolle."

Stunden später fand sie ihn tatsächlich. Er stand oben auf der Brüstung eines Hochhauses, dass sie gemeinsam mal besichtigt hatten.

„Paul!", rief sie entsetzt. „Spring nicht runter. Ich komme zu dir."

Sie nahm, alle Kraft zusammen und hetzte die vielen Stufen hoch. Oben angekommen sah sie ihn und lief in seine Arme, wo sie zusammenbrach. Er hob sie auf und blickte in ihr Gesicht. Es kam ein lächeln hervor.

„Ein Mann hat sich vor über 2000 Jahren schon für uns alle geopfert, er hing am Kreuz. Tu es nicht auch noch."

„Nein! Dank dir geht es weiter, woanders, nicht mehr in diesem Land."

Dann verschwanden ihre Silhouetten in der Dunkelheit, um im Licht wieder auf zu tauchen.

Platendorfer Moorfrauen

Bericht von Erna M.

Es waren harte und entbehrungsreiche Zeiten, die Kriegsjahre 1939 bis 1945 und auch noch danach. Junge und starke Männer waren nicht mehr da, die im Moor mithalfen, den Torf zu stechen. Mein Gehöft stand etwas abseits vom Hauptdamm, nicht weit von der Eisenbahnlinie Braunschweig-Uelzen. Unser Familienbestand war überschaubar: meine beiden Kinder, Klaus und Paula, der Großvater Wilhelm. Mein Mann Harald ist schon seit zwei Jahren im Kriegsdienst. Gelegentlich kommt ein Feldpostbrief. Und immer wieder die Angst, dass etwas passiert, wochenlang, jahrelang! Aber das Leben geht weiter und die Arbeit auch. Torf stechen für den Winter und für den Unterhalt zum Verkauf.

Anfang Sommer geht es los. Der Moorboden muss einigermaßen trocken sein. Ein schöner Tag, der 06. Juni. Großvater spannte die Ochsen vor den Holzkarren. Klaus und Paula nahmen den Korb mit Essen und Trinken. Darin waren Milch, Malzkaffee und Brot. Paula meinte:

„Oh, heute Abend sehen wir ganz schön dreckig aus, aber egal!"

„Die Ochsen sind ganz schön störrisch.", murrte Wilhelm und fluchte auf Plattdeutsch.

Ich schüttelte nur den Kopf:

„Muss das sein?"

Am Hauptdamm angekommen, trafen wir auch all die anderen Frauen mit ihren Kindern, die dasselbe Ziel hatten. Eine halbe Stunde Begrüßung muss sein, es gibt viel neues, gutes und schlechtes aus diesem dreckigen Krieg. Unsere abgesteckte Parzelle lag nordöstlich von Platendorf, umsäumt von Birken und ein paar Kiefern. Klaus und Paula rannten schon los.

„Ihr beiden, nicht so stürmisch, es gibt noch viel Arbeit.", rief ich.

Opa zündet sich noch eine Pipe an.

„Das ist der Drang der Jugend.", und blies mir dicke Wolken von seinem komischen Tabak ins Gesicht.

Ich hustete. Er grinste nur und nahm das Werkzeug vom Karren. Mehrere Spaten und Hacken. Alles musste stabil sein und lange halten.

„Ihr Kinder fangt vom Rand an zu stechen. Ich gehe zur Mitte hin. Die oberste Schicht muss mit einer Hacke erst abgeplaggt werden, um zum Schwarztorf zu gelangen.", wies Wilhelm sie an.

Das alleine dauerte schon ein paar Tage. Gegen Mittag wurde es immer wärmer. Die Schweißtropfen liefen das Gesicht herunter und verbanden sich mit dem Torfrauch zu einer braunen Schicht auf der Haut. Auch drang dieser Staub in die Lunge ein. Und man musste oft husten.

„Oh Mama, können wir eine Pause machen, wir haben so einen Durst und Hunger!"

Nicht weit von unserer Parzelle standen einige

Kiefern, die Schatten spendeten.

„Oh ja, frische Milch und Brot.", freuten sich die beiden.

Ich und Großvater tranken Malzkaffee.

„Wir müssen noch eine Weile durchhalten.", sagte ich zu ihnen.

Die Knochen taten mir weh. Und dann noch die Schwielen an den Händen, die in nächster Zeit aufgehen werden und dann sehr schmerzhaft sind. Klaus und Paula spielten noch mit ein paar Fröschen, die im Untergrund herumhüpften. Ein bisschen Ablenkung tat ihnen gut.

Gegend Abend ging es dann langsam heimwärts. Unterwegs trafen wir noch die Familie Reinerke. Die sah genauso abgekämpft und müde aus.

„Na das werden ja noch ein paar harte Wochen werden!", meinte ich.

„Ja, es geht nicht anders, da müssen wir durch. Bis die nächste Zeit dann und Gottes Segen."

„Danke, wünsche ich auch."

Zu Hause angekommen stecke ich beide Kinder erst einmal in eine Zinkwanne. Die Freude ist mächtig! Es wurde schnell dunkel. Großvater las den beiden noch eine Geschichte vor, dann schliefen sie schnell ein. Und wir begaben uns auch langsam ins Bett. Manchmal, wenn ich nachts aufwachte, sah ich aus dem Fenster einen roten Schein über Braunschweig. Dort fielen wieder die Bomben auf die Stadt. Furchtbar, wie viele Menschen dort wieder starben! Auch rauschten des nachts viele Bomberstaffeln über uns hinweg, wohl Richtung Berlin.

Die nächsten Wochen gingen so dahin. Die Torfsoden wurden in lange Reihen gelegt, um schon mal vorzutrocknen, um sie später zu einem Torfhaufen zu schichten. Es gab aber auch einige Rückschläge. So an einem heißen Sommertag, der auch noch drückend warm war. Schon gegen

Mittag erschienen einige dunkle Wolken Richtung Gifhorn. Großvater meinte:

„Sieht   nicht   gut   aus!"

Nach einer halben Stunde kam es über uns. Wir flüchteten uns schnell unter den Holzkarren, bevor die ersten Blitze kamen. Im nächsten Augenblick prasselt es auch schon herunter. Dann Blitze, nicht weit von uns. Richtung Platendorf schlug der Blitz in eine Eiche ein und zerfetzte sie, was wir später im Dorf sahen. Das war schlimm! Und die ganzen Torfgruben liefen voll. Naja, eine Pause bedeutete es und die war mal gut für unsere geschundenen Knochen.

Anfang August kam das Ungemach in einer anderen Form auf uns zu. Ein Moorbrand. Hervorgerufen wahrscheinlich vom Funkenflug einer Dampflock. Mit dem Löschen war es danach nicht weit her. Die dicke Qualmwolke zog über den Ort hinweg.

„Man, Man, ist das gefährlich!", meinten die Kinder

und hingen an meinem Rockzipfel.

„Solange der Wind nicht dreht, noch nicht. Ihr geht aber erst mal nicht raus, ja?!"

Gott sei Dank kam später kräftiger Regen auf, der dabei half, es einigermaßen einzudämmen. Aber über zwei Wochen stank es furchtbar nach Rauch und auch der Staub war fürchterlich!

Ende August! Der Torf trocknete sehr gut ab. Zeit, die Briketts noch mal umzuschichten. Viele Familien, die wir trafen, waren am Ende von der Plackerei.

„Hallo Erna und Wilhelm. Ich hoffe, euch geht es noch einigermaßen gut?"

„Na, geht so."

„Uns leider nicht, Großvater kann nicht mehr laufen. Und die Kinder sind auch oft krank."

„Wenn wir helfen können, tun wir das gerne."

„Ja. Danke schön. Das ist sehr nett von euch."

„Ihr könnt euch Käse und Milch von uns holen.

„Wir kommen auf jeden Fall mal heute vorbei."

So ging auch der August hin. Viel Zeit blieb nicht mehr, die Torfbriketts zu holen. Jeden Tag aufladen und zum Stall bringen. Beinahe gab es noch ein Missgeschick. Die Kinder spielten etwas abseits von unserer Torfgrube. Da schrie auf einmal Klaus auf:

„Eine Schlange! Hilfe! Hilfe!"

„Schnell weg da!", rief Großvater.

Er nahm einen Spaßten und schlich langsam und vorsichtig zur Schlange, eine Kreuzotter, und erschlug sie mit einem mächtigen Hieb.

„Die lebt nicht mehr."

„Ja, das sehe ich auch. Noch mal gutgegangen."

Im Oktober waren die Arbeiten abgeschlossen. Viel ging auch nicht mehr, unsere Knochen waren fix und fertig.

Und dann kam der Winter. Dieses Mal eisig kalt mit viel Schnee. Zeit für drinnen mit Stricken und Brot backen. Allerdings auch zum Grübeln, wie es weiter geht. Viele Ältere und auch Frauen überlebten den Winter nicht.

„Hast du schon gehört? Die ist gestorben und der auch."

Viele Kerzen leuchteten danach in der Friedhofskappelle.

Aber dann, im Frühjahr 1945, an einem schönen Tag …

Wir waren gerade im Vorgarten, als ein Mann, mit einer Krücke, auf einmal vor uns stand, mit einem langen Brot. Mein Gott, es war mein Mann Harald!

Weinend lagen wir uns in den Armen. Das Schicksal hat es gutgemeint. Nun, mit vereinten Kräften, überstanden wir auch das nächste Jahr.

Die Verwandlung

Viele sagen, der Wald am Ende des Dorfes sei verzaubert, weil dort immer wieder Menschen verschwinden. Selbst die Polizei ist ratlos und durchsuchte den Forst des Öfteren mit Spürhunden, fanden aber nur zerrissene Kleidung. Und an einigen Bäumen standen Fahrräder, die eindeutig in Ordnung waren. Das fand ich sehr unheimlich, aber auch interessant, was dort wohl passiert sein mag. Mein Fabel sind unheimliche Geschichten und ungelöst Kriminalgeschichten.

An einem schönen Vormittag war meine Überlegung, dass einmal näher zu begutachten und auszukundschaften. Mit dem Fahrrad waren es nur zwanzig Minuten von hier. Ich packte also meine Taschen voll mit Messinstrumenten und Streifen für Bodenproben. Mein Nachbar sah mich beim Einpacken und meinte:

„Na, willst du wieder auf Tour gehen? Lass dich bloß nicht wegfangen!"

„Nee," sagte ich überzeugt, „mein Revolver ist auch

immer dabei.“

Er schmunzelte und ging ins Haus. Beschwingt ging es durch die kleine Stadt Richtung Wald. Nicht lange und er kam auch schon in Sichtweite mit seiner schönen Silhouette und seinem wunderschönen grünen Laubdach. Es war Frühling! Ein paar schöne Wege führten dort hinein, und auch einer zu der Lichtung, wo die Menschen verschwunden waren. Ein schwerer Sturm vor ein paar Jahren hatte mächtige Bäume entwurzelt und die Lichtung erschaffen. Im Wald angekommen, wurde es merklich ruhiger, und kein Blatt bewegte sich in den Bäumen. Auch Vogelstimmen waren kaum noch wahrnehmbar.
Etwas vorsichtig fuhr ich langsam weiter. Keine Menschenseele war zu sehen. In der Mitte des Waldes lag dann die Lichtung vor mir. Erhellt im Sonnenlicht sah sie freundlich aus. Ach, alles nur Unfug mit den Geschichten, die hier stattgefunden haben sollen, dachte ich, um meine dennoch vorhandene Angst zu untergraben. Ich stellte mein Fahrrad dann an den Rand einer Buche, die von der Sonne beschienen wurde.

Ich packte meine Messinstrumente aus, einen kleinen Geigerzähler und eine Schaufel. Ich schaltete den Zähler an und hielt ihn in Richtung der freien Lichtung. Eine leichte Radioaktivität zeigte er an. Vielleicht war ein Ufo hier gelandet und hatte die Menschen entführt. Es war aber keine kreisrunde Verbrennung der Grasnarbe zu erkennen. Jetzt noch die Bodenprobe entnehmen, etwas graben und – autsch! Ich verletzte mir den rechten Daumen an einer alten Blechdose. Verflixter Müll im Wald hier! Etwas Blut trat hervor. Ach, naja, nicht so schlimm. Ich beendete meine Arbeit und legte eine Pause ein. Dazu ging ich zu dem Baumstumpf, dem alten Riesen und setzte mich an seine Seite. Viele kleine Käfer wuselten an seiner Rinde herum. Da erblickten meine Augen einen seltsamen Schleim, der aus einer Öffnung quoll. Na, mal eine Probe nehmen. Dann kam ich aber mit meinem blutenden Daumen an den Schleim und wischte ihn mit meinem T-Shirt ab. Auf einmal wurde mir schwindelig und das Atmen fiel mir schwer. Ich schaffte es gerade noch, zu meinem Fahrrad zu kommen und blieb dann stehen. Mein Kopf fühlte sich an, als würde er platzen. Das Blut pochte in meinen Adern. Dann spuckte ich grünen Schleim aus. Was geht da vor mit mir? Mein Körper wuchs wie wild, helle Blitze erschienen vor meinen Augen. In meinem Kopf rauschte es wie ein Wasserfall. Mein Körper begann, sich langsam zu verformen wie eine Knetmasse. Ich wuchs weiter. Die Kleidung fiel von mir ab. Aus meinen Armen wuchsen Äste heraus und aus meinen Beinen wurde ein Stamm. Meine Schreie verstummten, denn mein Kopf war ein Teil eines Baums. Mein ganzer Körper war zum Baum mutiert, aber dennoch waren alle Sinne vorhanden. Ich konnte alles um mich herum sehen. Was jetzt? Werde ich für alle Zeiten ein Baum bleiben und alleine?

Da ertönte auf einmal eine Stimme aus dem Baum neben mir. Was? Das kann doch nicht sein, jetzt drehe ich völlig durch!

„Nein, keine Angst. Paul ist mein Name und nebenan steht Lisa, meine Frau. Auch wir sind verzaubert worden und stehen ungefähr schon ein Jahr hier."

Gott sei Dank nicht alleine hier, dachte ich. Lisa bewegt einen Ast und begrüßt mich. Paul sagte etwas traurig:

„Der alte Stamm auf der Lichtung meinte zu uns, nur wenn ein Mensch auf ihn einen Setzling pflanzt, dann erst sind wir erlöst und wir verwandeln uns zurück."

Na tolle Aussichten für uns! Erbost darüber, verlor ich einen Ast.

Am Tag darauf trat etwas Ruhe ein, und wir genossen die Wärme der Sonne auf unserem Laubdach. Ein ganz anderes Gefühl, als wie ein Mensch die Wärme empfindet. Hier wird man vollends durchströmt, und jede Zelle nimmt es dankbar auf. Vögel fliegen laut zwitschernd um dich herum, und befreien einen von lästigen Insekten. Lisa meinte aber auch etwas wütend:

„Einmal hat ein Specht an mir rumgehackt, das tat doch schon ganz schön weh! Paul hat ihm mit einem Zweig einen drübergezogen. Laut schimpfend flog er davon."

So folgte dann der Sommer. Erst war es noch angenehm warm, dann heiß und trocken. Es ist schon länger kein Regen mehr gefallen. Das Wasser an unseren Wurzeln wurde knapp. Und wir schwitzen, wie die Menschen auch, nur dass wir sonst jederzeit trinken konnten."

„Das hält man ja kaum noch aus", meinten Paul und Lisa.

Nur nachts gab es eine leichte Erfrischung durch den Tau auf den Blättern. Einmal gab es ein heftiges Gewitter. Blitze zuckten am nächtlichen Himmel auf, und wir bekamen Angst. Das schlimmste bekamen wir nicht zum Glück nicht ab. Aber dafür viel Regen! War das ein Jubel, dieses frische Nass, dass da auf die Blätter prasselte und auf die Wurzeln. Unsere Äste fingen an zu wedeln vor lauter Freude.

So ging auch der Sommer dahin. Es wurde wieder kühler mit mehr Regen. War das eine Wohltat, wieder auftanken zu können!

Jetzt im Herbst zogen die Wildgänse und Kraniche über unseren Kronen hinweg in den warmen Süden. Etwas wehmütig schauten wir ihnen nach. Eines nachts hatte es gefroren und Raureif bedeckte uns mit einem weißen Mantel. Unsere Blätter begannen, sich zu verfärben.

„Oh Lisa, siehst du toll aus, so bunt und strahlend!"

Paul war etwas verärgert

„Sie sieht immer so schön bezaubernd aus.

„Und du Paul bist ja auch ganz schön bunt geworden."

„Oh danke, nett von dir."

Auch die Eichhörnchen begannen nun mit dem Futter sammeln und sprangen von Baum zu Baum. Einmal am Abend kam eine Bache mit ihren Frischlingen auf die Lichtung. Die Kleinen tollten umher und taten sich genüsslich an den vielen Eicheln und Bucheckern. Die Bache lief zu mir, und fing an, sich an meinem Stammfuß zu scheuern. Oh, wie das kitzelte! Lauthals fing ich an zu lachen. Die Schweine tollten davon wie noch nie, sowas hatten sie auch noch nie erlebt. Ein Baum der spricht! So erlebten wir vielerlei Geschichten, die einem Mut machten. Langsam verloren wir unser schönes Kleid, das Laub. Es kam aber auch Ungemach auf uns zu. Äste brachen ab, das tat ganz schön weh! Bloß nicht umkippen, dann werden wir sterben. Doch Gott sei Dank ließen die Stürme nach und Ruhe trat ein.

Nun kam der Winter, eine harte Zeit für viele Tiere, nur für uns nicht! Wir fielen in einen tiefen Schlaf und träumten zeitlos dahin von schönen Tagen und Zeiten. Nur einmal wurden wir erheblich gestört. Ein Geländewagen mit Anhänger fuhr dicht an uns heran. Zwei Personen stiegen heraus, und der eine hatte eine Motorsäge in der Hand.

„Guck mal Anton, der Baum hier vorne sieht nach gutem Brennholz aus."

„Den nehmen wir", sagte der andere.

Er schmiss die Säge mit großem Lärm an und ließ sie warmlaufen. Dann trat er mit funkelndem Schwert auf mich zu.

„Nein! Nein", schrie ich laut heraus.

Anton fragte den anderen: „Der Baum hat laut geschrien."

„Du spinnst! Wir wollen anfangen zu sägen."

Da bewegte sich eine Wurzel von mir und schellte ihm genau zwischen die Beine. Vor Schmerz sprang er davon.

„Nur weg hier, hier haust der Teufel!"

Sie liefen schnell zu ihrem Auto und fuhren in einem Affentempo davon.

„Na denen hast du es aber gezeigt", wedelten Paul und Lisa mir zu.

Entspannt schliefen wir weiter bis der Frühling kam.

Herrlich, als es wieder warm wurde, und aus unseren Kronen sich ein helles Grün entfaltete.

Dann, eines schönen Tages, kamen viele Jugendliche in den Wald. In ihren großen Tüten sah man viele junge Bäumchen. Man war das aufregend. Würden wir uns vielleicht wieder zu Menschen verwandeln? Eifrig wurden viele neue Bäume um uns herum gepflanzt. Ein Mädchen nahm einen schönen Setzling und grub ihn mit einem Spaten genau auf den alten Riesen

Als sie mit der Baumbegrünung fertig waren, verschwanden die Jugendlichen wieder. Zum Glück! Unsere Verwandlung begann wieder auf unheimliche Weise. Auf einmal standen wir splitterfasernackt da, so wie Gott uns schuf. Wir schämten uns natürlich. Zum Glück lagen ein paar Jutesäcke von den Pflanzen da, die wir uns umbanden. Glücklich umarmten wir uns.

„Na, was jetzt?", fragten die beiden mich.

„Na, zurück zu unserer alten Heimat."

Wir verabschiedeten uns und liefen los. Wehmütig

und dankbar blickten wir zurück auf den Wald. Für Erfahrungen, die nie zuvor ein Menschen gemacht hat.

Hörst du die Glocken

Es gibt viele Geschichten! Aber diese ist unglaublich und vielleicht wahr. Ich liebe diese wunderschönen Abende im Herbst an dem Stausee, wenn die Sonne blutrot untergeht und die Landschaft und die Bäume den See in braune und gelbe Töne taucht. So auch an diesem Tag, der für immer in meinem Gedächtnis bleibt.

Da ich ein leidenschaftlicher Angler bin, tut es mir immer wieder gut hier her zu kommen, um vom Alltag abzuschalten. Ich saß so eine Stunde da, und nickte ein wenig ein. Als Glockenartige Geräusche zu hören waren direkt vom See her. Nanu, kann doch gar nicht sein, aber doch es war Glockengeläut. Dann verschwand es auf einmal. Unheimlich. Ich packte meine sieben Sachen und begab mich auf den Heimweg. Diese Begebenheit ließ mir keine Ruhe mehr. Ich ging zum Wirtshaus im Dorf, um dort vielleicht mehr zu erfahren. Ein paar alte Männer saßen dort und tranken genüsslich ihre Biere.

„Hallo allerseits." sagte ich und ging auf sie zu."

„Na mein jung, komm setz dich zu uns."

„Gerne, bitte auch ein Bier"

„Gleich" meinte die Wirtin und brachte mir einen großen Krug

Da meinte der eine der Älteren mit seinem Wettergegerbten Gesicht:

„Na was gefangen?"

„Nein nur ein paar kleine Rotfedern, nicht der Rede wert. Eine Frage an euch, es brennt mir unter den Nägeln. Ich habe vorhin am See Glockengeläut gehört, direkt aus dem See."

Der eine der älteren erschrak sichtlich und sagte mit ängstlicher Stimme:

„Es ist also wieder da. Nach so vielen Jahren, weil die Seelen keine Ruhe geben."

„Wieso? Was ist passiert?"

„Ja mein Jung, das ist lange her, und zwar 1943, mitten im Krieg. Und zwar in einem Dorf namens Engelshof, das in dem Tal lag, wo jetzt der Stausee ist."

Interessiert hörte ich zu.

„Dort in diesem Dorf gibt es einen Ort mit vielen Toten. Dort lebte ein Forscher mit seiner Frau, der an was Geheimem arbeitete für die Nazis, das mit dem Dorf unterging. Denn nach dem Krieg wurde ein Stausee gebaut und alles geflutet. Viele fanden dort den Tod, auch das Ehepaar. Seitdem hört man die Glocken aus dem See läuten. So viel weiß ich darüber."

„Man, das ist ja eine starke Geschichte!"

Der alte Mann sagte mit ernster Miene:

„Sei vorsichtig und begib dich nicht in Gefahr."

Die ganze Nacht konnte ich nicht richtig schlafen und hatte einen schlimmen Traum von toten Menschen, die im Wasser umhertreiben. Schweiß überströmt wachte ich auf, und ging benommen unter die Dusche. Sollte ich noch mal zum See gehen? Heute Abend? Ich packte mein Angelgeschirr und ging wieder zum See. An diesem Abend war der See etwas unruhig, als wenn er Angst hätte, etwas preis zu geben. Es begann schon etwas zu dämmern als in der Mitte des Sees ein Glockenförmiger Nebel erschien, der immer näher kam. Dann sah ich es. Darin erschien so etwas wie eine frauenartige Gestalt in einem hellen weißen Licht mit langen Haaren. Sie sah sehr sanftmütig aus. Ein Engel, dachte ich. Es kam immer näher und stand dann vor mir.

„Da hast du gar nicht mal unrecht. Ein Engel der auf seine Erlösung wartet."

Ich hörte die Worte im Geiste. Sprach sie per Telepathie mit mir?

„Ich möchte mich dir gerne anvertrauen, weil du ein

guter Mensch bist."

Mir viel fast die Kinnlade herunter.

„Du weißt schon etwas von dem, was in diesem Dorf am Grund des Sees passiert ist. Mein Name ist Franziska. Ich war die Frau des Forschers und unsere Familie wurde heimtückisch, wie viele andere, ermordet durch die Nazis."

In ihrem Gesicht machte sich eine große Traurigkeit breit. Ich wollte sie am liebsten umarmen, aber das geht ja bei einem Nebel gar nicht.

„Alles gut, es geht schon wieder. Ich erzähle dir jetzt die ganze Geschichte."

Gespannt hörte ich ihrer Stimme zu. Der Nebel um sie herum umschlang uns beide.

„1943 war die Zeit, in der es viel Forschung an neuen Waffensysteme gab, die den Nazis zum Sieg verhelfen sollten. Mein Mann war eine Koryphäe für Gravitation. Um schwere Sachen leichter zu machen oder die Schwerkraft aufzuheben."

„Was?", fragte ich verdutzt. „So was geht?"

„Nun ja, es war erst der Anfang auf diesem Gebiet. Er hatte damals in einem Steinbruch eine Art Zeitkapsel gefunden mit mathematischen Formeln, und keiner wusste, woher sie kam. Dann wurde mein Mann unter Druck gesetzt, eine Bombe zu bauen, die auf Feindgebiet alle Schwerkraft auflöst und sie in den Weltraum befördert."

„Ui, das ist ja ein Hammer. Bitte red weiter."

„Dann passierten viele schreckliche Dinge. Mein Mann ahnte was geschehen könnte und legte seine Geheimpapiere in eine Wasserdichte Metallbox in den Keller. Einen Tag später kam schon der Geheimdienst vorbei…"

„Wo sind die Unterlagen?!", sagte der eine in einem harschen Ton.

„Die bekommen sie nicht für alles in der Welt.",

sagte mein Mann Karl.

Der andere zückte seine Maschinenpistole und schoss mir in den Rücken. Karl schrie verzweifelt und laut:

„Nein! Nein!"

Ich ging sterbend zu Boden. Dann schossen sie auf Karl und die beiden Kinder. Alles vorbei. Nein dann viel Licht…

Ganz neugierig, aber auch wütend hörte ich weiter zu. Ihre Stimme sagte zu mir.

„Du hast noch viel vor dir, bis dieses Geheimnis gelüftet wird und die Toten gesühnt sind."

Die Stimme sagte weiter:

„Du wirst bald einen Mann kennenlernen, der dir dabei hilft."

Ich schluckte tief ergriffen. Es brauchte einige Zeit

das zu begreifen.

„Was soll ich dabei tun?"

Sie sagte mir dann:

„Du bist doch ein guter Taucher."

„Ai", antwortete ich verdutzt, „du bist ja wohl ein Engel, der alles weiß."

„Wie wäre es, wenn wir beide dort runter tauchen, um die Box zu bergen?"

„Na gut", meinte ich, „wenn es sein muss."

„Aber es gibt dort unten noch eine andere Gefahr.", warnte sie mich eindringlich. „Ein riesiges Untier, ein Monsterwels bewacht das Dorf. Er kann nur mit einer handgeschmiedeten Harpunenspitze, die in Blut getaucht wurde, vernichtet werden."

Auch das noch, dachte ich.

„Dann muss ich wohl unseren Schmied dazu überreden, am besten mit einer guten Flasche Gin."

Ein paar Tage später kamen wir unserem Ziel näher. Alles war vorbereitet für den Tauchgang. Mit einem Boot ging es zur Mitte des Sees. Franziska schwebte neben mir, natürlich unsichtbar für andere Menschen. Der See war schön ruhig und das Wasser klar.

„Da vorne müssen wir runter."

Schnell noch die Taucherausrüstung überprüfen und los. Schon nach einigen Tauchmetern umspielten uns unzählige Fische mit ihren silbernen Körpern. Franziska gefiel es und sie lächelte mir zu, trotz der möglichen Gefahr. Je tiefer wir kamen, desto mehr ließ das Sonnenlicht nach und ich musste meinen Scheinwerfer einschalten. Dann endlich erschien das Dorf vor uns, oder was davon noch übriggeblieben war. Es lag in einem diffusen Licht. Eine unheimliche Szenerie. Wir umtauchten die eingestürzten Mauern, da sagte Franziska mit trauriger Stimme.

„Hier war unser Haus. Tauch du alleine rein und such im Keller nach der Box, ich wage es nicht hineinzugehen."

Allein schwamm ich hinein und es ging hinunter in einen Keller des Schreckens. Alte, mit Algen überzogene Geräte standen dort. Und mein Gott auch Skelette die wie schutzsuchend übereinander lagen. In diesem Raum war nichts übrig als Tod und Verderben. Nach einigem Suchen fand ich die metallene Box endlich. Schnell wieder weg von hier, dachte ich. Franziska erwartete mich auch schon. Da erschien plötzlich ein großer Schatten vor uns, bestimmt um die 5 Meter groß. Es war der Wels. Franziska versuchte ihn abzulenken, während ich meine Harpune scharf machte. Das Untier schnappte gierig nach mir mit seinem riesigen Maul. Knapp daneben. Direkt danach schoss ich die Harpunenspitze in Richtung des Welses. Mitten ins Herz getroffen sank sein mächtiger Körper unter letzten Zuckungen zu Grunde. Vor Angst machte ich mir in die Hose, aber Hauptsache das Ding ist erledigt. Und wir waren ja zum Glück unter Wasser. Wir tauchten langsam nach oben. Erschöpft kletterte ich ins Boot und fuhr es ans Ufer zurück. Franziska schwebte sichtlich erleichtert neben mir zum Ufer.

„Und nun?", fragte ich sie.

„Wir müssen das Geheimnis der Bombe unbedingt vernichten."

Nach kurzem Grübeln fiel mir etwas ein.

„Nicht weit von hier ist ein Steinbruch. Mein Freund Paul ist dort Sprengmeister."

Nach einem Telefonat mit ihm und unendlich vielem Reden sicherte er mit 2 Stangen Dynamit zu und das wir die Box am folgenden Morgen dort sprengen dürfen. Franziska sagte noch: „Bitte, lass dir nicht so viel Zeit damit, sonst wird Böses dich übermannen."

Sie schwebte davon und löste sich langsam auf. Was sie damit meinte, das wurde mir schon in der kommenden Nacht offenbart. Es sprach eine zischende Stimme aus dem Nichts.

„Öffne die Kiste und dir ist gegeben alle Macht der Welt. Du wirst wie ein Gott sein."

Hm, gar nicht so schlecht. Geld und Rum ohne Ende. Dann eine andere Stimme. Es war Franziskas.

„Nein! Das Ende von vielen Millionen Menschen würde es bedeuten. Vergiss dein Versprechen nicht."

So ging das die ganze Nacht durch. Letztlich hat doch das Gute in mir gesiegt. Morgens, ganz früh erschien mir Franziska dann nochmal.

„Du hast es geschafft. Ich wusste, ich kann dir vertrauen. Nun schnell zum Steinbruch."

Dort angekommen, legte ich die teuflische Kiste ab. Paul wartete schon und übergab mir das Dynamit. Ich zündete die Zündschnur an. Und dann gab es einen gewaltigen Knall und in einem Feuerball wurde das Unheil zerstört. Ich schaute zu Franziska. Ihr liefen Tränen über das Gesicht.

„Nun ist alles gut und ich kann erlöst gehen. Mach es gut mein treuer Freund. Wir sehen uns wieder in einem anderen Leben."

Und ihre Gestalt verblasste zusehends. Ja das war das mit dieser Geschichte, die mich für immer begleiten wird.

The Ghosttrain

Diese Geschichte, ist sie wahr oder ein Traum?

Wie alle paar Wochen stand ich abends am Bahnsteig, um nach Hannover zu fahren, um etwas Stoff zu besorgen. In unserer Jugendgang war es eben geläufig Hasch zu rauchen oder Alkohol zu trinken. Man, ist das ein Nebel heute, dachte ich. Die Beleuchtung verschwamm mehr und mehr in einem diffusen Licht und alles erschien undeutlicher und farblos. Ich war der einzige am Bahnsteig. Da erschien eine Anzeige, der Zug käme 15 Minuten später. Na ja, dann kann ich mir noch eine anstecken und meinen Flachmann leeren, beschloss ich dann. Ah, war das ein Genuss. Meine Stimmung stieg. Da hörte ich in der Ferne schon das Signal des Zuges. Komisch, dachte ich, klingt ganz anders als sonst. Irgendwie so gruselig, als wenn Seelen schreien würden. Da erschien schon die Stirnleuchte des Zuges im Nebel. Langsam fuhr die Diesellok mit ihren Wagons an den Bahnsteig heran. Was ist denn das für eine Klapperkiste? Alles war von Rost überzogen, als wenn der Zug schon Jahre lang unterwegs wäre. Erst war alles still, aber dann klappte eine Tür auf. „Hm," sagte ich etwas erstaunt zu mir, „wohl ein Reservezug, typisch deutsche Bundesbahn." Ich ging schnellen Schrittes hinein, denn es war kalt draußen. Nanu, keine Leute zu sehen. Auch nicht im nächsten Abteil. Alles roch irgendwie muffig und alt, beinah modrig. Leicht ruckelnd fuhr der Zug dann los.

„Hallo ist hier jemand?"

Keine Antwort, komisch. Auf jedem der Sitze lag eine kleine Metallkiste. Ich traute mich aber nicht, eine davon anzufassen. Da erblickte ich ein Plakat an der WC-Tür. Bahnwerbung von 1972. Was soll der Quatsch denn? Hm, mal aufs Handy schauen, kein Empfang, na toll. Draußen sah man gar nichts mehr, auch keine Lichter. Im nächsten Wagon sah es auch nicht anders aus. Bin ich denn hier ganz allein? Panik machte sich langsam in mir breit. Plötzlich ein leichtes Raunen in der Luft, wie Stimmen die

„Hilfe, Hilfe, unsere Seelen sind in diesen Kisten

gefangen…" flüsterten sie. „Eine Unbekannte Macht hat diesen Zug übernommen und nur ein reines Herz, dass eine Kette mit Kreuz trägt, kann uns erlösen."

„Aber es ist doch kein Mensch mehr hier!", antwortet ich entsetzt.

„Doch," sagten die Stimmen leise, „im letzten Wagon sind noch 2 Personen, die ihre Seelen besitzen."

Das Tempo des Zuges nahm jetzt spürbar zu. Schnell lief ich durch die Falttür zum letzten Wagon. Da saßen doch tatsächlich noch 2 Personen. Ein älterer Mann und eine jüngere Frau, zusammengekauert auf den letzten Sitzplätzen. Leicht benommen sagte die Frau

„Na, wieder einer dessen Seele in den Kasten gehen wird?"

„Was ist hier los?", rief ich erbost, aber auch ängstlich.

„Alles wissen wir auch nicht." sagte der Mann. „Ich heiße Gert. Wie du vielleicht schon gelesen hast, sind wir seit einigen Jahren unterwegs. Hier haben wir kein Zeitgefühl, und auch Hunger und Durst sind uns fremd. Nur ab und zu besucht uns dieses komische Wesen aus Raum und Zeit. Es hat eine verzerrte Stimme und ein formloses Gesicht mit einem riesigen Auge in der Mitte. Es kommt, um uns zu einem Bahnhof der Seelen zu bringen."

„Auweia, das ist aber starker Tobak" meinte ich.

Die Frau sagte „Ich heiße Edwina und du?"

„Mh, naja, ich bin Sascha.", gab ich verlegen zurück.

„Du hast kein Kreuz um deinen Hals. Dann wird dich das Wesen auch holen."

„Doch in meinem Rucksack ist eine Kette meiner Freundin, da ist ein Kreuz dran."

„Aber du bist kein Christ.", meinte Edwina.

„Nein, dafür ist meine Vergangenheit zu schlecht."

„Oh nein, es kann einem alles vergeben werden."

Ich wusste noch nicht, dass mir das, was sie sagte, später einmal in einem anderen Leben zugutekommen würde.

„Was kann man tun, um dies alles aufzuhalten?"

„Vielleicht kann man es mit Feuer oder Strom bekämpfen." meinte Gert.

Da fiel mir etwas ein.

„Mit meinem Handyakku könnte es gehen. Edwina, hast du ein Handy hier?"

„Was ist ein Handy?", fragte sie mich irritiert.

„Ach ja, 1972. Sorry."

Ich holte den Akku aus meinem Handy raus und schnappte mir aus meinem Rucksack noch einen Responder und ein Feuerzeug.

„Wie kann man diese Wesen holen?", fragte ich.

„Laut auf den Boden treten und rufen ‚Hey hier sind noch Seelen!'", sagte Gert.

„Mal ausprobieren..." sagte ich sehr erregt und stampfte auf den Boden und schrie laut los.

Da leuchtete es plötzlich in der Dunkelheit außerhalb des Zuges auf und das Wesen schwebte herein. Es sah sehr schaurig und schleimig aus. Mit verzerrter Stimme sagte es

„Na soll ich euch doch noch holen?" Dann wandte es sich zu mir um. „Oh, ein neues Seelenopfer."

„Das wollen wir mal sehen hässliches Monster." Ich nahm die zwei Akkus, legte sie gegeneinander zu den Polen, kippte Alkohol drauf zündete es an.... Nein! Was ist das denn? Es funkt nicht.

Schweißtropfen traten auf meine Stirn. Nochmal. Ja, jetzt, es funkt! Eine helle Stichflamme und ein lauter Knall erfüllten den Raum. Das Wesen schrie laut auf und seine Farbe wechselte zu Rot. Es fing an zu dampfen und zu zucken. Dann verschwand es so schnell wie es gekommen war.

„Ob es das jetzt war?" fragte ich die beiden.

„Nein" sagte Edwina überzeugt. „Es ist bestimmt wieder vorne in der Lok."

„Mhm, der Zug ist noch genauso schnell wie vorher."

„Es nützt nichts.", meinte Gert konsterniert.

„Wir müssen nach vorne zu der Lok, um an die Generatoren zu kommen. Die haben vielleicht genug Strom, um es zu vernichten.", ermunterte ich mich selber, um nicht aufzugeben.

„Na gut, lass es und versuchen."

Beide nickten mir zu. Es war schon ein beklemmendes Gefühl durch die Waggons zu gehen mit all ihren leeren Sitzen und Kästen und den gefangenen Seelen. Ein beklemmendes Gefühl. Immer wieder ein leises Rufen

„Helft uns! erlöst uns!"

Ah, ein schwieriges Unterfangen auf die Lok zu kommen. Dafür ging es draußen über die Kuppel zur Diesellok. Der Wind blies einem ganz schön entgegen. Wenn der Nebel sich mal kurz lichtete, zog an einem eine qualmige Welt vorbei, die tiefblau leuchtete, mit zahllosen Blitzen durchzogen. Dann war ich in der Lok. Erst mal schauen, wo das Wesen ist. Ganz vorsichtig ging ich zum Generatorraum. Oh, was ist das für ein großer Kanister mit Wasser. Wenn ich das über die Batterien gieße, gibt es einen riesigen Kurzschluss das könnte auch für mich tödlich enden, aber es gibt keine andere Möglichkeit. Nanu, da steht doch eine Person

„Hallo sie da", ich ging auf sie zu.

Mir stockte der Atem. Unter der Uniform befand sich ein Skelett, das auf einmal zusammenfiel. Ich war mir sicher, dass meine Nerven das bald nicht mehr aushalten würden. Ich öffnete den Kanister und goss ihn auf die Batterie. Ein lauter Knall und einige Funken flogen. Augenblicklich wurde der Zug langsamer und ruckte stark. Ein furchtbares Schreien ertönte und das Monster verschwand tatsächlich in der Ferne, genauso wie der Nebel. Schließlich hielt der Zug an. Ich ging schnell von der Lock runter. Da kamen mir auch schon Gert und Edwina entgegen. „Du hast es geschafft!" Wir wollten uns gerade umarmen als alles anfing zu flimmern und die Umgebung sich verzerrte. Wie durch einen Tunnel wurde ich weggezogen. Dann auf einmal eine Stimme.

„Er wacht wieder auf."

Ein Arzt stand vor mir und sagte ich hätte einen Kreislaufkollaps gehabt und lag ein paar Tage im Koma.

„Sie müssen noch einige Zeit hierbleiben.", sagte er mir und ließ mich dann allein im Zimmer.

War das alles ein Traum? Wer glaubt mir das alles? Da kam auf einmal eine hübsche Krankenschwester rein und sagte:

„Hallo, ich heiße Edwina.".